아주 오래된 지혜

아주 오래된 지혜
The Use of Life

John Lubbock

존 러벅

박일귀 옮김

150년 동안
전 세계를 감동시킨 명저
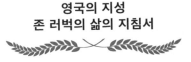

영국의 지성
존 러벅의 삶의 지침서

삶의 가치를 높이는 지혜와 성찰이 가득한 인생 수업!

문예춘추사

차 례

1장

가장 중요한 질문

인생은 많은 '일'보다
많은 '노력'을 원한다

현세의 삶은 한 편의 연극.

막이 내리면 얼마나 많은 일을 했느냐가 아니라

얼마나 많은 노력을 기울였느냐를 평가할 것이다.

성공이 아닌 '가치'에 집중하라.

왜 행복을
내던져버리는가

인생에서 배워야 할 가장 중요한 것은 인생을 살아가는 방법이다. 사람들은 인생을 유지하는 데는 안간힘을 쓰지만 정작 인생을 잘 살아내기 위한 노력은 별로 하지 않는다.

물론 이는 간단한 문제가 아니다. 그리스의 의학자인 히포크라테스(Hippocrates)는 『아포리즘(Aphorism)』 서문에 이렇게 썼다.

"인생은 짧고 예술은 길다. 기회는 순식간에 사라지고, 경험은 불확실하며, 판단은 어렵다."

사실 인생의 행복과 성공은 환경이 아니라 나 자신에게 달려 있다.

"타인보다 자기 자신 때문에 파멸하는 사람이 더 많다. 폭풍이나 지진보다 인간의 손에 파괴된 집이나 도시가 훨씬 더 많다."

파멸에도 두 가지 종류가 있다. 하나는 시간이 가져오는 파멸이고, 또 하나는 인간이 가져오는 파멸이다. 그중에서도 인간이 가져온 파멸이 훨씬 끔찍하다. 로마의 정치가이자 철학자인 세네카(Seneca)는 인간의 가장 큰 적은 가슴속에 있다고 했다. 프랑스의 철학자 라브뤼예르(La Bruyère)는 "많은 사람이 자신의 인생을 비참하게 만드는 데 꽤 많은 시간을 낭비한다"고도 지적했다. 영국의 소설가 존 릴리(John Lyly) 또한 "젊은 시절 혈기를 부리다 보면 나이 들어 뼈저리게 후회할 일을 하게 된다"고 했다. 그 이유를 그리스 작가 루키아누스는 다음과 같이 설명한다. "이미 지나간 과거의 일은 운명의 여신 클로토도 어쩔 수 없고 아트로포스도 그 운명의 실을 되살려낼 수 없다."* 인간은 자기 자신을 사랑하기는 하지만 현명하게 사랑하지는 않는다는 것이다.

나는 때로 낙천주의자라는 소리를 듣는다. 그렇다고 내가 인생의 고통이나 슬픔을 외면한 적은 한 번도 없다. 인간은 행복한 존재라고 말한 적도 없다. 다만 인간은 행복해질 수 있는데, 그게 아니라면 보통은 자신의 잘못이라고 말했을 뿐이다. 나는 대부분의 사람들이 행복을 누리기보다는 내던져 버린다고 말한다. 참으로 서글픈 현실이 아닐 수 없다.

---

* 클로토와 아트로포스는 그리스신화에 나오는 인간의 운명을 결정하는 세 자매 여신 중 두 명이다. 클로토는 운명의 실을 뽑아내고, 라케시스는 인생의 길이를 정해 실을 감거나 짜며, 아트로포스는 가위로 실을 잘라 생명을 거둔다.

사람의 혀나 펜 끝에서 나오는 말 가운데
가장 슬픈 말은 "만약 그랬다면 좋았을 텐데"이다. **- 존 휘티어**

몸을 단련하듯
두뇌를 단련할 것

'선(善)'이 잘못 적용되거나 극단으로 치닫는 경우를 우리
는 '악(惡)'이라고 부른다. 바퀴 하나가, 심지어 톱니바퀴의
톱니 하나라도 제자리에 있지 않으면 기계 전체가 작동하지
않듯이, 우리 인간도 우주 전체와 조화를 이루지 않으면 고
통을 피할 수 없다. 용기가 지나치면 무모함이 되고, 애정이
지나치면 약점이 되며, 절약이 지나치면 탐욕이 된다. 누군
가에게는 약이지만 누군가에게는 독이 될 수도 있다. 자연법
칙을 바꾼다고 해서 상황이 더 나아진다는 것을 증명한 사람
은 지금까지 단 한 사람도 없다. 사람이 넘어지면 다리가 부
러지지만, 중력의 법칙이 바뀐다고 해서 상황이 나아지는 건
아니다.

고대 페르시아인들은 선의 신 오르무즈드(Ormuzd)가 행복
을 가져다주고, 악의 신 아흐리만(Ahriman)이 불행을 몰고 온
다고 믿었다. 하지만 실제로 인생의 불행은 우리 자신의 잘

못에서 비롯된다. 잘못에는 두 가지 종류가 있다. 하나는 알면서도 일부러 저지르는 잘못이고, 다른 하나는 알지 못하고 실수로 저지르는 잘못이다. 전자의 잘못부터 말하자면, 우리 마음 안에는 양심의 지침이라는 것이 심겨 있다. 우리가 양심의 눈이 뜨여 있는 상황에서 잘못을 저질렀다면, 다시 말해 일부러 잘못을 저지르는 상황을 외면한 것이 아니라면, 그저 지혜롭지 못하게 행동한 것이지 그 행위 자체가 죄가 되는 것은 아니다.

후자의 잘못을 저지르지 않으려면 우리는 합리적인 이성에 의지해야 한다. 부모, 어른, 동료의 이성뿐 아니라 우리 자신의 이성에 의지해야 한다. 이성의 힘은 교육으로 기를 수 있다. 따라서 우리는 늘 학생의 마음으로 배우고 공부해야 한다.

그리고 타인에게 배우기보다 스스로 깨우치는 것이 훨씬 더 자신에게 남는다. 학교를 졸업했다고 해서 배움이 끝나는 것은 아니다. 사실 그때부터 배움이 시작된다. 교육은 평생에 걸쳐서 이루어진다. 세네카는 "사람들이 몸을 단련하듯 두뇌를 단련하고 즐거움을 얻기 위해 애쓰듯 미덕을 얻기 위해 애쓴다면 세상은 지금보다 더 나아질 것이다"라고 했다.

사람은 자신이
원하는 바대로 된다

세상에는 운명론자들도 있다. 모든 일은 이미 정해져 있고, 일어날 일은 반드시 일어나며, 일어나지 않을 일은 일어나지 않는다고 생각한다. 인간을 초월적인 절대자의 손바닥 안에 있는 노리개이자 자동인형 정도로 여긴다. 그래서 우리는 '인생의 과학'이라는 것이 존재하는지 여부를 숙고해봐야 한다. 인생이라는 바다를 항해할 때 우리가 배를 조종할 수 있는가, 아니면 그저 바다 위를 이리저리 떠다니는 것인가? 나는 "인간은 인간이며 자기 운명의 주인"이라고 믿는다. 만약 그렇지 않다면 모두 그 사람의 잘못이다.

독일의 소설가 장 파울 리히터(Jean Paul Richter)는 다음과 같은 말을 남겼다. "사람은 자신이 원하는 바대로 된다. 우리의 자유의지는 절대자와 연결되어 있으므로 우리가 무엇이 되길 간절히 원한다면 그대로 된다."

이처럼 우리의 운명을 지배하는 힘을 갖는다면, 우리 자신이 어떤 사람이 되길 원하는지, 인생의 귀중한 재산을 어떻게 만들 수 있을지 스스로에게 물어보는 것이 가장 중요하다. 어떤 사람은 인생의 목적을 갖고 살아가지만 그렇지 않은 사람도 있다. 우리의 첫 번째 목표는 자아를 최대한 실현하는 것이다. 독일의 철학자이자 언어학자인 훔볼트(Humboldt)도 이렇게 말했다. "모든 사람의 목표는 한결같고 완전한 존재가 되기 위해 가장 고귀하고 조화로운 능력을 계발하는 것이다." 요한 파울 리히터의 말을 다시 인용하자면 "할 수 있는 최대한으로 자신의 능력을 계발하는 것"이다. 물론 이기적인 목적을 가지고 그렇게 해서는 안 된다. 그러면 반드시 실패하고 만다. 영국의 철학자 베이컨(Bacon)은 이렇게 지적했다. "개인의 재산이라고 해서 오로지 자기 자신만을 위해 사용할 수는 없다." 플라톤, 아리스토텔레스, 부처, 바울과 같은 선하고 위대한 인물들은 단지 자기 자신만을 완성하는 데 만족하지 않았다.

나는 타인을 위해 우리가 자아실현을 해야 한다고 생각한다. 그럴 때 비로소 우리 앞에 펼쳐지는 인생이 흥미로워질 수 있다. '너 자신을 알라.' 이 유명한 그리스 명언은 자기 자신을 아는 일이 얼마나 어려우면서도 중요한지 잘 지적한다. 프랑스의 사상가 몽테뉴(Montaigne)는 이 진리를 자기만의 언어로 표현했다. "나는 여태껏 나라는 존재보다 더 큰 기적이나 괴물을 본 적이 없다." 영국의 작가 토머스 브라운 경(Sir T. Browne)은 파란만장하거나 흥미진진한 인생을 살아온 인물은 아니지만 그럼에도 이런 말을 남겼다. "기적과도 같은 나의 30년 인생은 역사까지는 아니더라도 한 편의 시나 우화와도 같았다."

인생의 즐거움은
상상이 아니다

기원전 10세기인 남유다 왕국의 르호보암(Rehoboam) 왕 시대부터 영국의 정치가 체스터필드 경(Lord Chesterfield, 1964~1773) 시대까지 사람들은 충고를 듣는 일을 그리 달갑게 생각하지 않았다. 예전에 뉴질랜드의 어느 족장이 기독교 개종자의 슬픈 운명을 이야기해주었는데 지금까지도 내 머릿속에서 잊히지 않는다. "그가 우리에게 너무 충고를 많이 하는 바람에 결국 그를 죽여버렸습니다." 그렇지만 존 릴리의 말처럼 "지금 사소한 충고를 받아들이지 않으면 나중에 값비싼 대가를 치러야 한다." 따라서 나는 자신의 인생을 최대한 활용해 무언가가 되거나 무언가를 하고 싶어 하는 사람들에게 이득이 될 만한 충고를 하고자 한다.

나는 좋은 기회를 놓치는 사람들을 보면 마음이 너무 아프다. 눈앞에 있는 축복을 분별없이 허비하거나 내동댕이치지 않고 자기 것으로 만든다면 그의 인생은 얼마나 행복하겠는가!

인생의 즐거움은 상상 속에 있는 것이 아니라 실제로 존재하는 것이다. 즐거움이라는 이름이 붙었다는 이유로 우리는 많은 일을 한다. 달리 말하면 다른 이름이 붙으면 그 일을 싫어해야 한다는 것이다. 많은 사람이 단지 쓸모 있는 일을 하지 않기 때문에 즐거움을 느끼고 있다고 착각한다. 어떤 사람은 즐거움이라는 단어를 감각적인 것에만 적용하는 듯하다. 하지만 그와는 반대로 정신적인 즐거움이 더 강렬하고 더 오래간다.

정신의 건강은 육체의 건강에 따라 크게 좌우되는데도 우리는 육체를 소홀히 대하거나 아무 생각 없이 해치기까지 한다. 또한 예술 작품에서 얻을 수 있는 즐거움을 절반도 제대로 누리지 못한다. 런던 시민 중에 내셔널갤러리에 가본 사람이 몇 명이나 되는지 궁금하다. 과학의 재미를 느끼기 위해 공부하는 사람들도 별로 없다. 대영박물관에 가본 사람은 몇이나 될까? 과학과 예술을 즐기려고 공부하는 사람은 얼마나 될까? 우리는 우리가 발을 딛고 살아가는 대지의 아름다움과 머리 위에 펼쳐져 있는 하늘의 아름다움을 제대로 즐기지 못한다. 음악은 나름대로 즐기고 있다고 말할지 모르겠지만 그 정도로는 충분하지 않다.

　본능적인 동물과 달리 인간은 이성적인 존재라고 자랑하면서도 그 자랑스러운 지성을 인류의 행복을 위해 올바로 사용하고 있지는 못하다. 견유학파(Cynics)라고 불리는 철학자들은 인간의 지성은 '유익하지 않은 상속물(damnosa hereditas)'로 즐거움이 아닌 고통의 근원이라고 문제를 제기하기도 했다. 동물은 정신적인 고통을 당하지 않지만 인간은 그것 때문에 괴로워한다. "우리는 헛된 그림자 속에서 불안에 떤다." 우리는 의심과 두려움, 근심과 걱정을 안고 스스로를 고문한다. 사방에는 이해할 수 없는 일들이 에워싸고 있지만 그래도 견뎌낼 수 있어야 한다.

진리 앞에서
딴청 부리는 인간들

　걱정에 사로잡히지 않아도 되지만 그렇다고 경계를 늦춰서도 안 된다. 잘못을 저지르지 않을 것 같은 일에도 늘 주의를 기울여야 한다. 체스터필드 경은 이렇게 말했다. "악덕을 피할 때보다 미덕을 행할 때 더 잘 판단해야 한다. 악덕은 실제 모습이 너무 흉측해 미덕의 가면을 쓰고 나타나 우리를 유혹한다."

원래 심성이 선했다가도 마음이 무자비하고 냉정해지는 사람들도 있다. 파머스턴 경(Lord Palmerston)은 모든 어린아이는 선하게 태어난다고 주장했다가 신학자들에게 뭇매를 맞은 적이 있다. 어쨌든 아이가 자라나서 악해졌다면 그전에 무언가 문제가 있었을 것이다.

영국의 의사이자 작가인 토머스 브라운 경(Sir Thomas Browne)은 다음과 같이 말했다. "세상이 아무리 타락했다고 해도 우리가 한순간에 악해지는 것은 아니다. 악해지는 데도 어느 정도 시간과 고통이 드는 법이다. 헤파이스토스*처럼 하루아침에 천상에서 지상으로 추락하지는 않는다."

이 문제를 개인에서 인류 전체로 확장해보면, 우리가 가진 장점들을 제대로 활용하지 못하는 게 참으로 안타까울 따름이다. 영국의 과학자 아이작 뉴턴(Isaac Newton)이 했던 말처럼, 우리는 눈앞에 거대한 진리의 바다가 펼쳐져 있지만 예쁜 조개나 해초 따위를 주우러 해변을 이리저리 돌아다니며 노는 어린아이에 불과할지도 모른다. 이 세상의 어떤 물질에 대해서도 활용법이나 특성을 정확히 알고 있지 못하다. 우리

---

* 그리스신화에 나오는 대장장이의 신이다. 제우스와 헤라가 부부싸움을 할 때 헤파이스토스가 헤라 편을 들자 화가 난 제우스는 헤파이스토스를 천상에서 지상으로 내던져버렸다. 이때 헤파이스토스는 다리를 다치는 바람에 절름발이 신세가 되었다.

는 아침부터 밤까지 죽어라 일만 하고 있다. 그런데 물질의 특성이나 자연의 힘을 좀 더 제대로 파악한다면 한두 시간만 일해도 우리 몸에 필요한 것을 넉넉히 얻을 수 있다. 덕분에 지성과 감성을 고양하는 데 충분한 시간을 확보할 수 있다.

증기(蒸氣)도 충분히 활용되고 있지 않다. 내가 어릴 때는 전기를 사용하는 법을 몰랐고 우리는 이제 조금씩 그것을 알아가기 시작하는 단계에 있다. 강물의 수력도 대부분 낭비되고 있다. 마취제가 좀 더 빨리 발견되었다면 끔찍한 고통을 피할 수 있었을 텐데! 이러한 사례들만 다 모아도 책 한 권은 족히 나올 것이다. 앞으로도 수많은 발견이 이루어질 것이고 이미 그런 시대가 코앞에 당도했을지 모른다. 눈앞에 거대한 진리의 바다가 펼쳐져 있는데도, 이른바 기독교 국가라는 나라들은 막대한 돈을 허비해가며 영토를 차지하기 위해 짐승처럼 싸우고 서로를 파괴하는 짓을 보면 놀랍기 그지없다.

욕망이라는 최악의 주인에게
예속되지 말 것

지난 세대는 아이들에게 읽고 쓰는 법을 가르치지 않고 그냥 자라도록 내버려두었다. 심지어 지금도 '과잉 교육'을 비난하는 사람들이 있는데, 물론 그 교육이란 일상생활과는 거리가 먼 교육을 의미한다. 무지가 교육보다 더 많은 비용이 든다는 사실을 알지 못하고 여전히 교육비가 많다고 볼멘소리를 하는 사람도 있다. 그나저나 우리 아이들이 일정 수준의 교육을 받고 있지만, 정말 적절한 교육제도가 적용되고 있는지 의심해볼 필요는 있다.

여기서는 학교에서 윤리 교육을 지나치게 무시하고 있다는 점만 지적하고자 한다. 종교의 계명을 어기는 것은 확실히 잘못된 일이고 다른 사람들을 불행에 빠트릴 수 있다는 사실을 인정하면서도, 이 세상에서 나만 행복하고 잘살면 그만이라는 식으로 생각한다. 방종, 탐욕, 무절제, 나태 등 '즐거운 악덕'은 결코 정당화될 수 없지만, 다른 사람들이 희생되더라도 그런 악덕이 자기 자신에게는 이익이 될 거라고 생각한다. 안이하게 흥청망청 사는 것을 다른 사람들도 모두 바라는 삶이라고 착각한다. 선하고 도덕적인 사람이 되려면 아무리 올바르고 고귀하게 살더라도 순수한 즐거움마저 부정하며 자기희생적인 삶을 살아가야 한다고 오해한다. 영국의 시인 존 밀턴(John Milton)은 다음과 같이 말했다.

아! 늘 주변을 경계하면서

이 하찮은 목동 일을 하는 게 다 무슨 소용이람.
아무 보람 없이 시를 묵상하는 건 또 어떻고?
다른 사람들처럼 그늘 아래 누워
아마릴리스 꽃이나 가지고 놀고
네아이라의 머리카락을 만지작거리는 게 더 낫지 않을까?

하지만 이는 진실과 정반대다. 제약과 속박에서 벗어나는 것이 악덕의 특권이라고 생각하지만 전혀 그렇지 않다. 오히려 악인은 욕망이라는 최악의 주인에게 예속된 노예 신세가 된다.

어떤 젊은이들은 나쁜 짓을 해야 남자답다고 생각한다. 그건 나약한 바보들이나 하는 짓이다. 도덕적인 사람이야말로 진짜 남자가 된다. 도덕적인 사람은 진정한 해방감을 누린다. 악행은 노예가 되는 짓이다. 특정 행위는 잘못되었기 때문에 비도덕적인 것이 아니라 비도덕적이기 때문에 잘못된 것이다. 예외적으로 도덕관이 전복되어 그른 것이 옳은 것이 되더라도, 여전히 마음의 행복과 평안에는 악영향을 미칠 수밖에 없다.

죄와 슬픔이 불가분의 관계에 있다는 주장을 뒷받침하기 위해 신학자의 이론까지 인용하지는 않을 것이다. 대신 체스터필드 경처럼 위대한 인물의 말을 소개하겠다. 그는 아들에게 보내는 편지에 지혜로운 조언을 담고는 이렇게 끝맺었다. "이러한 것들이 미덕에 대한 보상이자 본받아야 할 성품이다. 훌륭하고 선한 사람이 되는 것이야말로 행복해지는 유일한 길이란다."

"양과 함께 잠자리에 들고 종달새와 함께 일어나라"

프랑스의 철학자 르네 데카르트(René Descartes)는 실천적인 삶을 위한 네 가지 원칙을 정했다. 첫째, 기본적으로 내가 나고 자란 곳의 법과 종교를 지킨다. 둘째, 행동이 필요한 경우 최선의 판단에 따라 즉각 행동하고 결과에 대해 불평하지 않는다. 셋째, 욕망을 만족시키기보다는 욕망을 줄이는 데서 행복감을 추구한다. 넷째, 진리를 탐구하는 일을 평생의 업으로 삼는다.

존 릴리는 당대 인기를 끌었던 소설 『유퓨이즈(Euphues)』에서 자신의 생각을 다음과 같이 요약했다. "양과 함께 잠자리에 들고 종달새와 함께 일어나라. 밝고 명랑하되 겸손함을 유지하라. 진지하되 너무 침울해지지 말라. 용감하되 너무 무모해지지 말라. 의복을 단정히 하라. 건강에 좋은 음식을 먹되 과식하지는 말라. 여가 시간에는 건전한 취미를 즐겨라. 아무 이유 없이 남을 의심하지 말고, 아무 증거 없이 남을 과신하지 말라. 사람들의 의견을 너무 가볍게 따르지 말고, 자만심에 빠져 고집을 부리지 말라. 신을 섬기고, 두려워하고, 사랑하라. 그러면 신도 당신과 당신의 친구가 바라는 만큼 축복을 내리실 것이다."

비양심적으로 자기 이익만 좇는 몰지각하고 이기적이고 악한 사람만이 자신과 타인을 불행하게 만드는 것은 아니다. 훌륭한 인물이나 좋은 책도 이와 비슷한 잘못을 저지르는 경우가 많다. 이런 인물이나 책은 쾌락을 죄악으로, 자기희생을 미덕으로, 종교를 금욕으로 묘사한다. 극단적인 사례지만 종교재판이 그랬다. 많은 종교재판관이 심성이 훌륭하고 따뜻하고 자비로웠지만 기독교의 본질을 완전히 잘못 이해하고 있었다. 일상에서 만나는 존경받는 사람들도 쾌락적인 것은 무엇이든 나쁘고, 종교의 참된 정신은 까다롭고 심술궂고 어둡다고 생각하는 것 같다. 우리 주변의 밝고 따스하고 화창한 자연도 축복이 아닌 악으로 여긴다. 자연을 선의 창조가 넘치도록 베푸는 최고의 기쁨이 아닌 악마가 만들어낸 유혹으로 치부하는 것이다.

영국의 시인 윌리엄 쿠퍼(William Cowper)는 두 줄짜리 아름다운 시에서 이렇게 말했다.

슬픔의 길, 오로지 그 길만이
슬픔을 알지 못하는 땅으로 인도하네.

물론 우리는 슬픔이 없는 인생을 살아갈 수는 없다. 인생은 끝이 있으므로 언젠가는 사랑하는 사람들과 이별해야 한다. 우리의 존재는 복잡한 데 비해 세상은 여전히 미숙하다 보니, 우리 존재에 필요한 것과 우리를 둘러싸고 있는 물질과 힘의 본질과 특징을 이해하지 못하므로, 슬픔과 고통이 찾아올 수밖에 없다. 하지만 쿠퍼는 슬픔의 길, '오로지' 그 길만이 우리를 천국으로 인도하며, 이 땅에서 행복한 인생에는 필연적으로 불행이 따른다고 주장한다.

이처럼 완전히 잘못된 주장은 불안해하는 영혼들에게 걱정과 고통, 자책을 불러일으킨다. 똑똑한 젊은이들도 단지 행복하다는 이유로 자책감을 느끼며 스스로를 고문한다. 하지만 행복이라는 선물에 감사해야 한다. 슬픔이나 질병 탓에 더 이상 기뻐하지 못하는 사람들에게 희망의 빛을 비추는 특권을 가졌다고 생각해야 한다. 사실 쿠퍼는 청교도와는 거리가 멀지만 그의 가르침은 영국의 역사가이자 정치가인 매콜리(Macaulay)의 주장과 일맥상통하는 면이 있다. 매콜리는 곰 놀리기(bear-baiting, 곰을 묶어두고 개와 싸우게 하는 놀이_옮긴이)를 비난한 적이 있다. 그런데 그 이유가 곰에게 고통을 주기 때문이 아니라, 구경꾼들에게 즐거움을 주기 때문이라고 했다.

인생에는 비극보다
희극이 더 많은 법

존재의 수수께끼 때문에 괴로워하고 시달리는 사람들이 많다. 하지만 영국의 시인 로버트 사우디(Robert Southey)는 이렇게 말했다. "선하고 지혜로운 사람도 때로는 세상을 향해 분노하고 애통해할 수 있다. 그러나 자신의 의무를 다한 사람이 세상에 불만을 품는 경우는 결코 없다."

신이 선한 존재라고 느끼는 사람들만이
세상의 수수께끼를 이해할 수 있다.　　　　　_존 휘티어

세네카는 "어떤 의무라도 이루고 나면 우리를 행복하게 해주고, 어떤 유혹이라도 예방책은 다 있다"고 했다. 밀턴도

다음과 같이 말했다.

자연은 자신이 할 일을 다 했을 뿐,
이제는 당신이 할 일을 해야 한다.

우리가 눈앞에 보이는 아름다운 자연과 귓가에 들리는 음악을 온전히 즐기지 못했다면 창조자가 이 모든 것을 만들지 않았다고 확신할 수 있다. 독일의 성직자인 토마스 아 켐피스(Thomas a Kempis)는 『그리스도를 본받아(Imitation of Christ)』에서 이렇게 말했다. "한 사람이 다른 사람들에게 얼마나 큰 평화를 가져다줄 수 있는지, 자기 자신을 제대로 관리할 때 얼마나 큰 기쁨을 누릴 수 있는지 측정하는 것은 불가능하다."

이 시대가 그 어느 때보다 놀랍고 흥미롭고 계몽된 시대라면(나는 여러 면에서 그렇다고 생각하는데), 그것은 우리에게 온 행운이지 우리가 해낸 일은 아니다. 따라서 자랑스러워할 일이 아니라 감사해야 할 일이다.

물론 셀 수 없이 많은 축복에 감사하고 즐겨야 하지만, 슬픔과 근심이 전혀 없을 것이라 기대해서도 안 된다. 영국의 작가 월폴(Walpole)은 "인생이란 생각하는 사람에게는 희극이지만 느끼는 사람에게는 비극이다"라고 묘사했다. 인생은 가끔 비극일 때도 있지만 희극인 순간이 더 많은데, 결국에는 우리가 어떻게 하느냐에 따라 인생은 비극도 될 수 있고 희극도 될 수 있다. 소크라테스(Socrates)도 이렇게 말하지 않았던가. "살아 있을 때든 죽어 있을 때든 선한 사람에게는 어떤 나쁜 일도 일어나지 않는다."

확실히 희망의 예언이 절망의 예언보다 훨씬 더 환영받았다. 그렇지만 우리는 행복한 순간은 별로 기억하지 못하면서 슬프고 고통스러운 순간은 너무도 생생하게 헤아리고 있다.

물론 늘 좋은 일만 기대할 수는 없다. 자연도 실패할 때가 있으니까. 알프레드 왕도 보이티우스에게 이렇게 말했다. "건강하고 풍족할 때는 자만하지 말고, 어려움에 처할 때는 절망하지 말라."

『성경』에도 이러한 유명한 구절이 있다. "좁은 문으로 들어가라. 멸망으로 인도하는 문은 크고 그 길이 넓어 그리로 들어가는 자가 많고 생명으로 인도하는 문은 좁고 길이 협착하여 찾는 자가 적음이라."

하지만 이 구절은 자주 오용된다. 옳은 길로 가는 일이 더 힘들고 고통스러운 것이 아니라 그 길이 좁고 찾기 힘든 것뿐이다. 옳은 길은 오직 하나지만, 옳지 않은 일은 사방으로 뻗어 있다. 바다 위에서 배가 가야 할 옳은 항로는 오로지 하나다. 다른 방향으로 배를 몰고 가면 도착할 항구에서 멀어질 뿐이다. 그렇다고 옳은 항로가 다른 길보다 더 험난하거나 폭풍우가 몰아치는 것도 아니다.

행복은 선한 노력에서
찾아온다

올바르지 못하고 현명하지 않은 일이 때로는 즐겁고 기쁨을 가져다준다는 사실을 부인할 수는 없다. 부인하는 것이 오히려 터무니없다. 유혹의 존재 자체에 의문을 가지는 것이기 때문이다. 내가 말하고자 하는 바는 그러한 충동에 굴복하면 잠깐의 쾌락은 얻을지 모르지만 나중에 슬픔의 대가를 치러야 한다는 사실이다. 다시 말해, 사소한 이익 때문에 큰 것을 포기하는 것이다. 마치 팥죽 한 그릇 때문에 장자의 권리를 포기하는 에서(Esau)와 같다.* 한 시간짜리 광란의 즐거움과 이후 몇 년간의 기나긴 후회를 맞바꾼 셈이다. 멀리 갈 것도 없이 나는 현세의 이야기만 하고 있다. 행복하게 살고자 한다면 선하게 살려고 노력해야 한다.

---

* 『성경』에 나오는 에서와 야곱의 이야기를 인용한 것이다. 형 에서는 팥죽 한 그릇을 얻어먹는 대가로 장자(長子)의 권한을 동생 야곱에게 팔아넘겼다.

풍족하다고 늘 행복한 것은 아니다. 모든 것이 행복하게 만들어줄 것처럼 보여도 실제로는 불행한 사람이 많다. 영국의 과학자 보일(Boyle)은 "재산은 우리에게 많은 것을 줄 수 있지만, 그것을 진정으로 풍요롭게 만드는 것은 마음이다"라고 말했다.

> 나에게는 내 마음이 하나의 왕국이다.
> 나는 내 마음 안에서 진짜 행복을 찾는다. _다이어

프랑스의 작가 보브나르그(Vauvenargues)는 다음과 같이 말했다. "누구나 부와 지위와 명예를 얻을 수 있는 것은 아니지만, 누구나 선하고 관대하고 지혜로워질 수는 있다." 진정한 부는 우리가 가진 것에 달려 있지 않고 우리가 누구냐에 달려 있다. 우리가 누리는 특권에는 늘 책임이 뒤따른다. 초기 기독교 교부인 요하네스 크리소스토무스(Johannes Chrisostomus)는 다음과 같은 말을 남겼다. "현세의 삶은 한 편의 연극이고, 우리는 지금 연기를 하고 있는 것. 부자와 가난한 자, 지배자와 피지배자는 단지 연극의 배역일 뿐이다. 현세가 끝나면 연극의 막이 내리고 가면도 벗겨진다. 그리고 각자가 자신이 한 일을 평가받는다. 부나 지위나 권력이 아닌 그 사람

이 한 일로 평가받는 것이다."

　그렇다면 그 평가란 무엇일까? 얼마나 많은 일을 했느냐가 아니라 얼마나 많은 노력을 기울였느냐를 평가할 것이다. 인생에서 성공했느냐가 아니라 성공할 만한 가치가 있느냐를 평가할 것이다. 우리가 한 일이 합격하길 희망해보자.

　타인의 의지에 굴복하지 않는 법을
　태어나면서부터 배운 사람은 얼마나 행복한가.
　정직한 생각이 그의 갑옷이 되고,
　단순한 진리가 최고의 기술이 된다.
　　　　　　　　　　　　　　　　　　　　　　_헨리 워턴

　악하고 방탕한 삶이 아닌 지혜롭고 선한 삶이야말로 진정한 행복을 얻는 길이다. 죄악은 자기 자신을 내버리는 행위다. 「잠언」에서 솔로몬(Solomon)은 이렇게 말했다.

　내 아들아 나의 법을 잊어버리지 말고
　네 마음으로 나의 명령을 지키라.
　그리하면 그것이 네가 장수하여 많은 해를 누리게 하며
　평강을 더하게 하리라.

2장

지혜

삶의 연극에서
최선의 연기를 꿈꾸라

할 수 있을 때 하려 하지 않으면
막상 하려 할 때는 할 수 없다.

원하는 것은
웃음으로 얻어라

　성공한 인생을 살려면 재능보다 지혜가 더 중요하지만, 지혜는 타고나지 않으면 쉽게 얻기가 힘들다. 물론 다른 사람들이 무엇을 바라는지 잘 눈여겨보면 어느 정도는 지혜를 얻을 수 있다.

　우리는 다른 사람들에게 즐거움을 주는 기회를 놓쳐서는 안 된다. 그러니 모든 사람에게 예의를 지켜라. 영국의 문인 몬타그(Montague) 부인은 "예의는 돈이 들지 않지만 모든 것을 살 수 있다"고 말했다. 예의를 지키면 돈으로 살 수 없는 많은 것을 얻을 수 있다. 그러므로 누구를 만나든 그 사람의 마음을 얻도록 노력하라. 영국의 정치가 버레이(Burleigh)는 엘리자베스 여왕에게 이렇게 말했다고 한다. "먼저 저들의 마음을 얻으십시오. 그러면 마음뿐 아니라 그들의 지갑도 얻을 수 있습니다."

　힘으로 실패한 일을 지혜로 성공하는 경우도 많다. 존 릴리는 「해와 바람」이라는 옛 우화를 인용한다. "이기고 싶은 사람은 바람과 해가 경쟁한 이야기를 잘 떠올려보자. 한 신사가 길을 걸어가고 있었는데, 바람이 신사의 옷을 벗겨보겠노라며 세찬 바람을 불었다. 하지만 바람이 거셀수록 신사는 옷을 더 단단히 여몄다. 이번에는 해의 차례였다. 해가 작렬하는 햇볕을 내리쬐자, 신사는 몸에 열이 오르고 정신이 몽롱해졌다. 결국에는 외투뿐 아니라 겉옷까지 벗어 던졌다. 바람은 패배를 인정할 수밖에 없었다."

사람은 누군가에게 강요당하기보다는 본인 스스로 따르는 것을 좋아한다. 어떤 경우에도 강요보다는 안내가 낫다.

당신이 원하는 것이 있다면
칼로 얻으려 하지 말고
웃음으로 얻으려 하라.

_세익스피어

"아니오"를 두려워 말라

정치에서도 "너무 많이 다스리지 말라(pas trop gouverner)"는 불문율이 있다. 즉 당신이 만나는 사람에게 신뢰를 얻으려고 애쓰고, 나아가 신뢰를 얻을 만한 자격을 갖추도록 노력하라. 한 사람이 영향력을 발휘하는 데는 능력보다 인격이 더 크게 작용한다. 영국의 작가 시드니 스미스(Sidney Smith)는 영국의 하원의원 프랜시스 호너(Francis Horner)의 이야기를 자주 언급했다. 프랜시스 호너는 높은 관직을 차지하지는 않았지만, 얼굴에 십계명을 새기고 다닌다는 우스갯소리가 나돌 정도로 의회에 상당한 영향력을 행사했다고 한다.

올바르고 현명한 선에서 다른 사람들의 요구를 들어주도록 노력하라. 하지만 "아니오"라고 말하는 것을 두려워해서는 안 된다.

누구나 "네"라고 말할 수는 있지만, 물론 모두가 기꺼운 마음으로 "네"라고 말하는 것은 아니다. 사실 "아니오"라고 말하는 것이 훨씬 더 어렵다. "아니오"라고 말하지 못해 곤란한 상황에 처한 사람들도 많았다. 그리스의 철학자 플루타르코스(Plutarchos)는 소아시아 주민들이 "아니오"라는 한마디를 하지 못해 속국이 되었다고 이야기한다. 살아가다 보면 "아니오"라는 말을 할 줄 알아야 한다. 게다가 듣는 사람이 기분 나쁘지 않게 말해야 한다. 우리는 교류하는 모든 사람에게 함께 일하고 싶고 다시 만나고 싶은 마음이 들 수 있도록 항상 힘써야 한다. 사업은 많은 사람이 가정하는 것과는 달리 감정이나 기분에 좌우되는 경우가 꽤 많다. 사람은 누구나 친절하고 공손하게 대우받는 걸 좋아한다. 가격을 절반으로 깎는 것보다 정직하고 유쾌한 태도가 오히려 일을 더 잘 풀리게 한다.

누구든 원한다면 스스로 호감 가는 사람이 될 수 있다. 체스터필드는 아들에게 보내는 편지에 이렇게 적었다. "다른 사람을 기분 좋게 하고 싶은 마음가짐 자체가 이미 절반을 이룬 것이다." 반대로 다른 사람에게 그럴 마음이 없다면 아무도 기분 좋게 할 수 없다. 하루라도 젊었을 때 이처럼 소중한 재능을 얻지 못하면 나이 들어서는 더 얻기가 힘들어진다. 특별한 능력이 없어도 예의가 바른 사람은 눈에 띄는 성공을 이루는 경우가 많다. 이와는 반대로 선한 심성과 좋은 의도를 지니고 있으면서도 불량한 태도 탓에 상대방을 적으로 만드는 사람도 많다. 다른 사람을 기분 좋게 만들어주는 것 자체가 참 기쁜 일이다. 한번 시도해보라. 실망할 일은 없을 것이다.

인간은 이성보다
감성에 약하다

늘 침착하고 신중하라. 따뜻한 가슴만큼이나 차가운 머리가 필요하다. 어떤 협상을 하든지 침착하고 냉철한 자세를 유지해야 한다. 그러면 위험하고 어려운 시기에도 스스로를 안전하게 지킬 수 있다.

당신보다 덜 유능한 사람을 만나더라도 깔보는 태도를 보여서는 안 된다. 유산을 많이 물려받은 게 자랑이 아니듯 재능을 물려받은 것도 자랑이라 할 수 없다. 유산이든 재능이든 잘 사용하면 이점이 있을 뿐이다. 게다가 세상에는 당신이 생각하는 것보다 유능하고 똑똑한 사람이 꽤 많다. 책을 이해하는 것보다 사람을 이해하는 것이 훨씬 어렵다고 하지 않는가. 사람을 이해하고 싶으면 그 사람의 눈을 보면 도움이 된다. 미국의 사상가 랄프 왈도 에머슨(Ralph Waldo Emerson)은 이렇게 말했다. "눈으로 하는 말과 입으로 하는 말이 다르다면, 노련한 사람은 전자를 믿는다."

그리고 지나친 호의가 담긴 고백은 너무 믿지 말라. 남자가 남자에게, 또는 여자가 여자에게 첫눈에 사랑에 빠지는 일은 없다. 별로 친분이 없는 사람이 지나치게 맹세를 하거나 약속을 한다면 그가 하는 말은 믿지 않아도 된다. 진실하지 못한 사람은 아니라고 해도 뭔가 과장할 수도 있고 당신에게 뭔가를 바랄 수도 있다. 그러므로 당신을 친구라고 말한다고 해서 그 말을 모두 믿어서는 안 된다. 그렇다고 상대를 모두 적이라고 생각해서도 안 된다.

인간은 이성적이고 지적인 존재라고 주장하면서 자기가 잘난 줄 알지만, 사람이 항상 이성적으로 모든 일을 판단한다는 생각은 큰 착각이다. 인간은 일관성도 없고 편견이나 욕정에 사로잡힐 때도 많다. 따라서 이성적으로 설득하기보다는 감정적으로 호소하는 것이 상대방을 내 편으로 만들기 더 쉬울지도 모른다. 이 방법은 개인보다 집단에 더 효과적으로 적용된다.

사실 논쟁은 늘 약간의 위험 부담이 있다. 논쟁을 하다 보면 관계가 냉담해지거나 오해가 쌓일지도 모른다. 논쟁에서 이기는 대신에 동료를 잃을 수도 있는데, 이는 말 그대로 손해 보는 장사다. 논쟁을 피할 수 없는 경우라면, 상대방 주장을 인정하되 그가 미처 보지 못한 부분을 지적하라. 자신의 주장이 잘못되었다는 것을 깨닫는 사람은 극소수다. 만약 깨달았다고 해도 달게 받아들이지 않는다. 게다가 자신이 논쟁에서 지더라도 상대방 주장을 흔쾌히 인정하지 않는다. 사실상 논쟁으로 누군가를 설득하려는 노력은 별로 소용이 없다고 해도 과언이 아니다. 당신의 주장을 최대한 명확하고 간결하게 진술하라. 만약 상대방이 자신의 주장에 대한 확신이 조금이라도 흔들렸다면 기대한 만큼 성과를 거둔 것이다. 어쨌든 첫발을 내디딘 셈이다.

결코 적을
만들지 말라

대화는 그 자체로 하나의 기술이다. 말을 많이 한다고 해서 말을 잘하는 것은 아니다. 그래도 "말수가 적은 보병 대위가 데카르트나 아이작 뉴턴보다 더 나은 대화 상대다"라고 말한 체스터필드 경의 말은 물론 지나친 감이 없지 않다.

지금 말을 잘 경청하는 것이 말을 잘하는 것보다 어렵다고 말하려는 것은 아니다. 하지만 확실히 경청은 쉬운 일이 아니고 말하는 것만큼 중요한 일이다. 모든 말을 비평가나 재판관의 입장에서 들어서는 안 되고, 말하는 사람 입장에서 공감하려고 노력해야 한다. 친절하고 공감을 잘한다면 사람들은 당신에게 자주 조언을 구할 것이다. 당신도 걱정과 근심에 빠진 많은 사람에게 도움과 위로를 주었다는 데 만족감을 얻을 것이다.

젊은 시절에는 사람들에게 너무 많은 관심을 기대하지 말라. 가만히 앉아 사람들 말에 귀를 기울이고 그들을 지켜보라. 경기장 밖에서 지켜보는 관중이 경기를 가장 제대로 볼 수 있다. 아무에게도 눈에 띄지 않은 채 지켜볼 때 일이 돌아가는 형세를 가장 정확하게 파악할 수 있다.

대부분의 사람들은 생각하는 것이 귀찮아 자신에 대해 깊이 생각하지 않은 채 스스로를 받아들인다. 하지만 라브뤼예르는 이렇게 말했다. "사람은 세상이 바라는 만큼의 가치를 지니고 있지는 않다."

그리고 결코 적을 만들지 말라. 세상에 이보다 나쁜 일은 없다.

미련한 자의 어리석은 것을 따라 대답하지 말라.
두렵건대 너도 그와 같을까 하노라.   「잠언」

"부드러운 대답이 화를 가라앉힌다"라는 말을 명심하라. 물론 분노에 찬 대답이 냉소적인 대답보다는 더 낫다. 열에 아홉은 비웃음을 당하느니 차라리 욕을 먹거나 상처를 받는 것이 낫다고 생각한다. 조롱거리가 되는 것만큼 정신적인 타격이 큰 것도 없다.

"속았다는 것을 아는 것보다 모르고 있는 편이 더 낫다"라는 말도 있다. 아테네 사람 트라실라우스(Trasilaus)는 실성한 나머지 피레우스 항구에 있는 모든 배가 자기 것이라고 생각했다. 하지만 크리토(Crito)에게 치료를 받은 뒤 제정신이 돌아오고 나서는 배를 모두 도둑맞았다며 비통해했다. 체스터필드 경은 이렇게 말했다. "농담 때문에 친구를 잃는 일은 어리석다. 그리고 쓸데없는 말 때문에 자신에게 무관심하거나 중립적인 사람을 적으로 만드는 일은 훨씬 더 어리석다."

인격적 모독만큼
깊이 사무치는 것도 없다

무시당하거나 비웃음당한다고 성급하게 생각하지 말라. 영국의 극작가 조지 파쿼(George Farquhar)의 『책략(Strategem)』에 나오는 스크럽은 이런 식으로 생각했다. "저들이 저토록 웃는 걸 보니 내 얘길 하는 게 틀림없군."

혹시라도 비웃음을 당하더라도 당신은 저들 머리 위에 있어야 한다. 그들과 함께 한바탕 웃어버리고 나면 상황이 역전되고 잃는 것보다 얻는 것이 더 많아질 것이다. 기분 나쁜 상황에서도 웃어넘길 수 있는 사람은 호감을 사고 유쾌함과 분별력을 지닌 사람으로 보인다. 비웃음에 개의치 않는 당신을 더 이상 비웃을 사람은 이제 아무도 없다.

그리고 자신의 주장을 용감하게 밝혀라. 때로는 비웃음을 살 수도 있지만 상처는 받지 않아도 된다. 자신의 있는 모습 그대로를 보이면 웃음거리가 되지 않겠지만, 억지로 다른 모습으로 꾸민다면 조롱거리가 될 수도 있다. 사람들은 때때로 상상 속의 고민 탓에 스스로 괴로워하고 화를 내고 다른 사람들과 사이가 나빠진다.

솔직해지되 신중하고, 자기 자신에 대해 너무 많은 말을 하지 말라. 좋든 나쁘든 자신에 관한 이야기는 많이 하지 않는 것이 좋다. 대신 상대방이 많이 이야기하도록 대화를 유도하라. 상대가 이야기하는 것을 좋아한다면 이야기에 귀를 기울여주는 당신에게 호의를 느낄 것이다. 특별한 경우가 아니라면, 당신이 상대를 어리석은 사람이라고 생각한다는 걸 보여주지 말라. 만약 그러면 상대도 불만을 품게 될 것이다. 당신의 판단이 틀렸을 수도 있고, 상대도 마찬가지로 나름의 근거를 가지고 당신을 평가할 수도 있다.

영국의 정치가 에드먼드 버크(Edmund Burke)는 국가를 상대로 고소장을 쓸 수 없고, 특정 계급이나 직업군을 공격하는 것은 정당하지 못할 뿐만 아니라 현명하지 못한 짓이라고 말했다. 개인은 쉽게 잊고 포기할지 모르지만 집단은 결코 그렇지 않다. 물론 개인도 상처가 아닌 모욕이라면 잘 잊지 못한다. 인격적인 모독만큼 마음에 깊이 사무치는 것도 없다.

사람들을 웃음거리로 만들거나 모욕을 당하게 하면 당신은 원하는 바를 결코 얻지 못할 것이다.

독일의 시인 괴테는 『에케르만과의 대화(Conversation with Eckermann)』에서 영국인에 관해 이렇게 언급했다. "사교 모임에 나온 영국인들을 보면 워낙 자신감에 차 있고 과묵하다 보니, 어디를 가나 주목받고 세상 모든 것이 그들에게 속해 있는 것처럼 보인다." 그러자 에케르만은 영국 청년은 독일 청년보다 똑똑하거나 교양 있거나 마음이 따뜻하지는 않다고 대답했다. 그러자 괴테가 말했다. "그건 중요하지 않습니다. 영국인이 뛰어난 이유는 그런 것에 있지 않습니다. 출신이나 재산과도 상관없지요. 그들이 뛰어난 것은 자연이 만든 모습 그대로 '존재하려는' 용기 때문입니다. 그들은 어중간한 상태로 있지 않고 자기 자신을 완전하게 드러내 보입니다. 가끔 완전하게 어리석은 사람도 있다는 사실을 인정합니다. 하지만 그 모습조차도 가치가 있고 중요합니다."

신뢰가 의심보다
힘이 세다

사업을 진행하거나 누군가와 협상할 때는 인내심을 가져

야 한다. 상대 요구를 들어주기보다 이야기를 경청할 때 상대방은 마음을 더 잘 열게 된다. 결국 상대방은 당신 편이 될 것이다.

무엇보다도 절대 화를 내지 말라. 만약 화가 나더라도 입에 화를 담지 말고 겉으로 드러내서도 안 된다.

> 분을 그치고 노를 버리며
> 불평하지 말라. 오히려 악을 만들 뿐이라.　　　　　「시편」

> 유순한 대답은 분노를 쉽게 하여도
> 과격한 말은 노를 격동하느니라.　　　　　「잠언」

당신을 원하지 않는 자리는 결코 가지 말라. 거기가 아니라도 당신이 갈 곳은 많다. 영국의 법학자 존 셀던(John Selden)의 『탁상 담화(The Table Talk)』에서 제임스 왕은 날아다니는 파리에게 이렇게 말했다. "나는 왕국을 세 곳이나 가지고 있는데 파리 너는 꼭 내 눈앞에서 날아다녀야겠느냐?"

어떤 사람은 안 좋은 이야기를 하거나 슬픈 기억을 떠올리게 하거나 분란을 일으키는 말을 하는 버릇이 있다.

인간을 아는 지식은 어떤 학문 분야보다 유용하다. 믿을 만한 사람과 그렇지 못한 사람을 분간하는 것은 물론이고 사람을 어느 정도까지 믿어야 하는지 판단하려면 현명한 분별력이 가장 중요하다. 하지만 이는 결코 쉬운 일이 아니다. 또한 함께 일할 사람이나 아래에 둘 사람을 잘 고르는 것도 매우 중요한 일이다. 네모난 구멍에는 네모난 사람을 두어야 하고 동그란 구멍에는 동그란 사람을 두어야 한다.

공자는 "상대가 의심스럽다면 그를 고용하지 말라. 만약 고용했다면 더 이상 의심하지 말라"고 말했다.

상대를 신뢰하는 사람이 의심하는 사람보다 더 옳은 판단을 내릴 경우가 많다. 한번 신뢰하기로 마음먹었다면 온전히 신뢰해야 하지만, 그렇다고 맹목적이어서는 안 된다. 아서왕 이야기에 등장하는 멀린은 꽤 현명한 사람이었지만 "나를 전적으로 신뢰하든지, 아니면 아예 믿지 말든지"라는 말을 듣고서는 결국 죽고 말았다.

늘 신중한 태도를 취하라. 가벼운 언행은 피하라. 자신이 스스로를 지키지 못한다면 다른 사람이 자신을 지켜줄 것이라 기대할 수 없다. "현명한 사람의 입은 그의 마음속에 있고, 어리석은 사람의 마음은 그의 입에 있다. 어리석은 사람은 자신이 알고 있거나 생각하는 바를 그대로 다 말해버린다."

머리를 사용하라. 이성을 따라 행동하라. 이성이 절대적으로 옳은 것은 아니지만 이성을 따르면 실수를 줄일 수 있다.

말이 은이라면
침묵은 금

말이 은(銀)이라면 침묵은 금(金)이다.

많은 사람이 할 말이 있어서가 아니라 말하는 것 자체가 좋아서 말을 한다. 말은 혀에서 나오는 것이 아니라 머리에서 나와야 한다. 말하는 것을 즐기기 위한 수다는 성공적인 인생을 사는 데 나쁜 영향을 미친다.

영국의 주교 조셉 버틀러(Joseph Butler)는 『설교집(Sermons)』에서 다음과 같이 말했다. "사람들은 주저리주저리 자기 말을 하다가 흥분한 나머지 애초에 의도한 것과는 전혀 다른 말을 내뱉는다. 그리고는 나중에 그런 말은 하지 말걸 하며 후회한다. 또는 굳이 하지 않아도 될 이야기를 해놓고서 잘못 말했다는 걸 깨닫는다. (중략) 이처럼 거침없이 말을 내뱉는 바람에 인생에서는 수많은 해악과 고통이 생겨난다. 이런 말 때문에 이야기 당사자는 분노하게 되고, 사람들 사이에 갈등과 불화의 씨앗이 뿌려진다. 내버려두면 자연스럽게 사라질 사소한 반감도 크게 키우는 꼴이 된다."

라브뤼예르는 이렇게 말했다. "말을 잘하는 언변도 갖추지 못하고 말을 절제하는 판단력도 갖추지 못한 것은 엄청난 비극이다." 플루타르코스는 스파르타 왕 데마라토스(Demaratos) 이야기를 들려준다. 어느 회의 자리에서 데마라토스가 아무 말도 하고 있지 않자 누군가 물었다. "당신은 바보입니까, 아니면 할 말이 없는 것입니까?" 그러자 데마라토스가 이렇게 대답했다고 한다. "바보라면 침묵을 지키는 법을 모를 겁니다."

솔로몬은 이런 말을 남겼다.

네가 말이 조급한 사람을 보느냐
그보다 미련한 자에게 오히려 희망이 있느니라   _「잠언」

한번 놓친 기회는
다시 찾아오지 않는다

자신의 우월함을 다른 사람에게 결코 드러내려 하지 말라. 상대적으로 초라해지는 느낌을 좋아할 사람은 아무도 없다.

자기 말이 무조건 옳다는 식으로 말하지도 말라. 물론 내가 맞다는 확신이 들어도 언제든 틀릴 수 있다. 기억이 우리를 골탕 먹이기도 하고 눈과 귀가 우리를 속일 때도 있다. 소중하게 여기는 생각이라도 근거가 빈약한 편견일 수 있다. 자신의 주장이 아무리 옳아도 강하게 내세우지 않는다고 해서 크게 잃을 것은 없다.

무언가 행동할 때도 지나치게 확신하지 말고 모든 기회를 열어두라. "잔을 입에 가져가는 그 찰나의 순간에도 얼마든지 손에서 잔을 놓칠 수 있다"는 말도 있지 않은가.

모든 기회는 기다리는 법을 아는 사람에게 찾아온다. 기회가 찾아오면 바로 붙잡아야 한다.

할 수 있을 때 하려 하지 않으면
막상 하려 할 때는 할 수 없다.

한번 놓친 기회는 두 번 다시 찾아오지 않는다.

사람의 인생에도 조류가 있다.
만조 시에는 행운이 찾아오지만
인생의 바다를 표류하다가
얕은 물로 가면 불행을 겪는다.

우리는 지금 만조 위에 떠 있다.

기회가 왔을 때 흐름을 잡아야 한다.

그러지 않으면 배는 나아가지 못한다. _셰익스피어

신중한 자세도 좋지만 그렇다고 지나치게 조심할 것까지는 없다. 실수하는 것을 너무 두려워해서는 안 된다. "실수를 전혀 하지 않는 사람은 아무것도 이룰 수 없다."

매너가
사람을 만든다

옷차림은 늘 단정하게 하라. 옷을 잘 입어야 하지만 과하게 입어도 보기에 좋지 않다. 시간과 돈을 낭비하며 겉치장을 하라는 말은 아니지만, 양질의 옷을 챙겨 입도록 신경 써야 한다. 놀랍게도 옷으로 상대를 평가하는 사람들이 의외로 많다. 당신이 만나는 사람 중 대다수가 당신을 외모로 평가한다. 마찬가지로 당신도 상대를 외모로 평가하는 경우가 많다. 눈으로 보고 귀로 듣는 것이 마음을 여는 법이다. 100명 중에 당신의 본 모습을 아는 사람은 한 명 정도에 불과하다. 따라서 다른 사람들이 당신 옷차림이 단정하지 못하다고 해서 다른 일도 제대로 해내지 못할 것이라고 판단하는 일은 어느 정도 수긍할 만하다.

사교 모임에 갔을 때 훌륭한 매너를 지닌 사람들을 잘 관찰해보라. "매너가 사람을 만든다"라는 옛말도 있고, "호감 가는 태도는 평생의 추천장"이라는 베이컨의 표현도 있지 않은가. 체스터필드 경은 다음과 같이 말했다. "재능과 지식으로는 상대 마음을 얻기 힘들다. 물론 마음을 얻으면 재능과 지식으로 잘 유지해나갈 수는 있다. 옷차림과 태도와 행동으로 상대방 눈을 즐겁게 하고, 우아하고 조화로운 말투로 상대방 귀를 편안하게 하라. 그러면 분명히 (나는 '아마'라고 말하고 싶지만) 상대방 마음까지도 얻을 수 있을 것이다."

누구나 눈과 귀를 가지고 있지만, 훌륭한 판단력을 가진 사람은 많지 않다. 세상은 하나의 연극 무대이고, 우리는 모두 연극배우다. 모두 알다시피 연극이 성공하려면 배우들 연기가 무엇보다 중요하다.

체스터필드 경은 자기 아들에 관해 이렇게 말했다. "사람들은 내 아들이 잘 알려진 곳에서 많은 사랑을 받는다고 말한다. 그 말을 들으니 나도 기쁘다. 하지만 아들이 알려지기 전에도 사람들에게 사랑을 받았으면 좋겠다. (중략) 외적인 것을 별로 중요하지 않게 여기는 사람은 인간 본성을 잘 모

르는 사람이다. 외면에도 신경 써야 한다. 사람 마음을 사로
잡는 것은 항상 외면이며, 누군가의 내면을 이해하는 건 쉬
운 일이 아니다."

　미의 여신 카리테스는 예술과 학문의 여신 뮤즈만큼이나
인간들에게 도움을 준다. 알다시피 "어떤 사람은 말(馬)을 훔
쳐도 아무 일 없고, 어떤 사람은 울타리 너머를 보기만 해도
욕을 먹는다." 왜 이런 차이가 있을까? 전자는 기분 좋게 일
을 처리하고 후자는 뭘 해도 눈에 거슬리기 때문이다. 고대
로마의 시인 호라티우스(Horatius)는 웅변과 예술의 신 헤르메
스도 카리테스가 없으면 아무것도 할 수 없다고 말했다.

3장

절약

빚을 지는 것은
노예가 되는 것

내가 모아둔 것은 내가 잃어버린 것이고

내가 쓴 것은 내가 가지고 있었던 것이며,

내가 베푼 것은 내가 가지고 있는 것이다.

가난하면
사랑도 달아난다

우리 영국에서는 절약의 중요성을 충분히 인식하지 못하는 것 같다. 영국인들은 열심히 일하고 돈은 많이 벌지만, 절약 면에서는 다른 나라에 비해 뒤처진다. 어느 지혜로운 퀘이커교도가 이렇게 말했다. "아들아, 네가 부자가 될지 가난해질지는 얼마나 버느냐가 아니라 어떻게 쓰느냐에 달려 있다." 실제로 '절약(thrift)'이라는 단어는 '번영하다(thrive)'라는 단어에서 나왔다.

부자가 되는 문제는 차치하더라도, 미래를 대비해 돈을 저축하는 것은 현명하고 옳은 일이다. "가난이 문으로 들어오면 사랑은 창문으로 달아난다"라는 비참한 속담이 있듯이, 아내나 자식이 먹거나 입지도 못하고 아픈데도 치료하거나 요양을 가지 못하는 모습을 보면서 "내가 부지런히 일하고 돈을 함부로 쓰지 않았더라면 처자식을 고생시키지 않았을 텐데" 하며 후회하는 건 참으로 가슴 아픈 일이다. 돈 자체를 위해 돈을 아끼는 것은 천박하지만, 경제적 자립을 위해 돈을 아끼는 것은 정당하고 옳은 일이다.

금전출납부를 꼼꼼히 작성하라. 세세한 내용까지 다 적으라는 말이 아니다. 돈이 어떻게 나가고 들어오는지 늘 파악하라는 말이다. 자신의 수입과 지출을 아는 사람은 결코 낭비하지 않는다. 자신의 모습을 두 눈으로 보지 않을 때 낭비가 시작되는 법. 두 눈을 뜨고도 파산의 벼랑 끝으로 가는 사람은 아무도 없다.

무슨 일을 하든 당신의 수입 범위 안에서 하라. 적은 돈이라도 매년 저축하라. 무엇보다도 빚을 져서는 안 된다. 영국의 소설가 찰스 디킨스(Charles Dickens)는 『데이비드 카퍼필드(David Copperfield)』에서 이렇게 말했다. "매년 20파운드 버는 사람이 19파운드 6센트를 쓰면 행복하다. 하지만 매년 20파운드 버는 사람이 20파운드 6센트를 쓰면 비극이다." 단 1파운드의 차이로 행복과 비극이 갈린다.

절약이라는
피난처를 활용하라

빚을 지는 것은 노예가 되는 것이라고 해도 과언이 아니다.

"빚을 지러(borrowing) 가는 사람은 울러(sorrowing) 가는 사람이다." 빚이 많은 인생은 별로 유쾌하지 못하다. 미국의 언론인 호레이스 그릴리(Horace Greeley)는 이렇게 말했다. "굶주림, 추위, 헐벗음, 고된 노동, 모욕, 의심, 부당한 비난은 불쾌하기 짝이 없다. 하지만 빚은 이 모든 것보다 훨씬 나쁘다. 결코 빚을 지지 말라. 50센트로 일주일을 버텨야 한다면 옥수수 한 봉지를 사서 죽을 끓여 먹는 한이 있더라도 남에게 1달러를 빌려서는 안 된다."

영국의 정치가 리처드 코브던(Richard Cobden)은 다음과 같은 말을 남겼다. "세상은 두 부류의 사람으로 나뉜다. 돈을 저축하는 사람과 돈을 쓰는 사람, 다시 말해 돈을 절약하는 사람과 돈을 낭비하는 사람으로 나뉜다. 집, 공장, 다리, 선박 등 인간을 문명화시키고 행복하게 만드는 이 세상의 모든 위대한 사업은 저축하고 절약하는 사람들이 일궈냈다. 반면, 재산을 낭비하는 사람들은 언제나 그들의 노예 신세가 되고 말았다. 이것이 자연의 이치이자 신의 섭리다. 만약 내가 낭비하고 경솔하고 나태한 사람이 성공할 것이라고 장담한다면 나는 틀림없는 사기꾼일 것이다."

플루타르코스는 이렇게 말했다. "에페수스에 있는 아르테미스 신전은 빚쟁이로부터 도망친 사람들에게 피난처가 되

어준다. 그런데 절약이라는 피난처는 분별 있는 사람들에게
늘 열려 있으며 즐겁고 명예롭고 편안하게 쉴 수 있는 장소
가 되어준다.”

사업상 필요한 경우가 아니라면 돈은 빌리지도 말고 빌려
주지도 말라. 돈은커녕 고맙다는 인사조차 받지 못할 것이
다. 빚진 사람들은 자신을 늘 피해자라고 생각하기 때문이
다. 여유가 있다면 돈은 그냥 주고, 다시 돌려받는 일은 기대
도 하지 말라.

일을 시작하고 처음에 돈이 천천히 들어온다고 해도 실망
하지는 말라. 어느 길이나 굴곡은 있게 마련이다. 처음에 돈
을 쉽게 벌더라도 다 쓰지 말고 궂은 날을 대비해 모아두라.
나쁜 일도 그렇지만 좋은 일도 언제까지 계속되리라는 법은
없으니 말이다. 그리고 시간이 갈수록 돈이 나가는 일이 점
점 많아질 것이다. 처음부터 일이 너무 잘 풀려서 망하는 사
업가들이 부지기수다.

사치하는 일에는
대가가 크다

부자가 되려고 서두르지 말라. 영국의 비평가 존 러스킨

(John Ruskin)은 이렇게 말했다. "그림에 가격을 매기지 않아도 때가 되면 저절로 가격이 매겨질 것이다."

돈 걱정에 빠져 살지 말라. 큰돈을 버는 사람은 소수지만, 열심히 일하고 절약하면 누구나 생활을 영위해나갈 수 있다. 정직하지 못하게 돈을 버는 사람들 이야기가 자주 들리지만, 사실은 정직하지 못하기 때문에 가난해지는 사람도 있다. 가난한 사람은 적게 가진 사람이 아니라 너무 많은 것을 원하는 사람이다.

영국의 의사 제임스 패짓 경(Sir James Paget)은 흥미로운 통계를 발표했다. 그가 가르친 학생들을 대상으로 조사한 결과, 1,000명 가운데 200명은 의사를 그만두고 부자가 되거나 일찍 세상을 떠났다. 나머지 800명 중 600명은 나름대로 성공했는데, 그중 일부는 꽤 큰 성공을 거두었다. 전체 가운데 단 56명만 인생의 처참한 실패를 맛보았다. 그중 15명은 시험에 통과하지 못했고, 10명은 무절제하고 방탕한 생활을 했다. 1,000명 중 25명만 자신도 어쩔 수 없는 이유로 실패하고 말았다. 의학 분야와 마찬가지로 당신이 가고 있는 삶의 자리에서 스스로 유용한 사람이 된다면 어딘가에는 쓰임을 받을 것이다.

사실 생필품을 마련하는 데 어려움을 겪는 사람은 많지

않다. 자연은 우리에게 별로 요구하는 것은 없지만 베푸는 것은 아주 많다. 반면 사치하는 데는 대가가 크다. 미국의 정치가이자 과학자인 벤저민 프랭클린(Benjamin Franklin)도 이런 말을 했다. "나쁜 습관 하나를 고쳐서 절약한 돈으로 아이 둘은 키울 수 있다."

영국의 웰링턴 공작(Duke of Wellington)이 현명하게 지적했던 "높은 이자는 나쁜 담보가 된다"는 말을 명심하라.

그리고 바구니 하나에 너무 많은 달걀을 담아서는 안 된다. 훌륭한 조언을 듣고 사안을 신중하게 조사하더라도 모든 예상을 뒤엎는 일이 일어날 수 있다. 뛰어난 상인이나 은행가도 실수를 저지를 때가 있다. 아무리 탁월한 사업가에게도 일반적인 수준의 성과만 기대할 수 있을 뿐이다. 우리는 어릴 때 2 더하기 2는 4라고 배운다. 하지만 2와 2가 만나면 22가 될 수도 있다. 산술적인 표현으로는 2 더하기 2는 4가 확실하지만, 실제 삶에서는 그것이 틀릴 수도 있다. 산술적인 공식을 무조건 적용하는 바람에 전도유망한 인생을 그르친 경우가 꽤 많다.

성공은 효율적인 습관으로부터

모든 일을 침착하게 하라. 영국의 정치가 브로엄 경(Lord Brougham)은 사직을 찍을 때 가만히 앉아 있지 못해 사진이 늘 흐릿하게 나왔다고 한다.

영국의 경제학자인 월터 배젓(Walter Bagehot)은 방 안에 가만히 앉아 있지 못해 사업을 망친 사업가들이 한둘이 아니라고 말했다.

모든 사람은 자신이 원하든 원하지 않든 어떤 의미에서 일종의 사업가다. 우리는 맡은 업무를 수행해야 하고, 가정을 꾸려야 하며, 비용을 관리해야 한다. 작은 일도 큰일 못지 않게 다루기 힘들고 만만치 않다.

다행히 사업의 성공은 천재성보다는 상식과 끈기, 집중력에 달려 있다. "상점을 잘 지켜라. 그러면 상점이 너를 지켜줄 것이다"라는 옛 속담도 있지 않은가. 그리스의 역사가 크세노폰(Xenophon)도 같은 주제의 이야기를 전한다. "페르시아 왕이 자신의 준마를 가능한 한 빨리 살찌우고 싶어 관련 분야의 전문가를 찾아가 물었다. 그러자 그 사람은 말을 가장 빠르게 살찌우는 것은 바로 '말 주인의 눈'이라고 대답했다."

효율적인 습관을 키우는 것은 매우 중요하다. 얼마 전에 저명한 동료 하나가 나에게 이런 말을 했다. 탁월한 능력과 훌륭한 인품을 가지고도 성공하지 못한 사람들에게는 중요한 원인이 있는데, 태만하고, 시간을 지키지 않고, 다른 사람들과 어울려 일하지 못하고, 사소한 일에도 고집을 부리는 것이다. 우리가 흔히 비효율적이라고 부르는 습관들이다.

큰일과 마찬가지로 작은 일에서도 질서와 방법이 매우 중요하다. 제 물건은 제자리에 놓는 것이 황금률이다. 물건을 쓰고 제자리에 놓는 것은 조금 번거롭더라도 원하는 물건을 다시 찾는 데 꽤 시간을 아껴준다.

크세노폰은 『오이코노미코스(Oikonomikos)』에서 다음과 같이 말했다. "무질서란 농부가 보리, 밀, 완두콩을 한 통에 섞어놓았다가 보리빵이나 밀빵이나 완두콩 스프를 만들 때 알갱이를 하나하나 골라내는 것과 같다. 처음부터 종류별로 분류해놓았다면 그렇게 시간을 낭비할 일이 없었을 것이다."

가난해도 세상을
소유할 수 있다

아리스토텔레스부터 토머스 칼라일까지, 모두는 아니지만 많은 철학자가 상업과 무역업에 종사하는 사람들을 좋지 않게 보았다. 좀 더 정확히 말하면, 상업과 무역업 자체를 천하고 품위가 떨어지는 일로 여겼다. 플라톤은 모든 무역업자를 시민에서 배제했다. 할 수만 있다면 천한 직업은 외국인에게 맡겨야 한다고 생각했다. 많은 사람이 상업과 무역업에 종사해야 하는데, 그 직업이 사람들에게 해롭거나 지적인 문화와 잘 어울리지 못한다면 참으로 안타까운 일일 것이다. 하지만 다행히도 그렇지 않다. 당연히 사업가들도 남는 시간에 지적인 활동을 할 수 있다.

학문과 문학 활동만 예를 들어보자. 천문학자이자 제조업자인 네이스미스(Nasmyth), 은행가이자 역사가인 그로트(Grote), 제지업자이자 골동품 위원회 회장이자 영국 왕립 학회 회장을 지낸 에반스 경(Sir J. Evans), 상업에 종사하다가 나중에 옥스퍼드대학교 지리학과 교수가 된 프레스트위치(Prestwich), 은행가이자 시인인 로저스(Rogers), 프래드(Praed) 등 사례는 수없이 많다. 나의 아버지 역시 은행가이자 수학자로 활동하고 영국 왕립 학회 부회장 겸 회계 담당자를 지냈다.

위대하고 행복하고 선하게 살았던 위인 중에는 가난한 사람도 많다. 영국의 시인 워즈워스(Wordsworth)와 그의 누이는 몇 년 동안 일주일에 30실링으로 근근이 살아갔다. 하지만 그때가 그들에게는 가장 행복한 시절이었을 것이다.

당신이 부자가 될 운명은 아니더라도 사람들과 관계를 잘

맺는다면 어딜 가나 따뜻하고 행복한 웃음이 가득하며 세상 모든 것이 당신 소유가 될 것이다.

놀랍게도 실제로 많은 위인이 가난한 삶을 살았다. 이슬람교의 창시자 마호메트(Mahomet)는 이런 말까지 남겼다. "신은 양치기가 아닌 사람을 선지자로 선택한 적이 없다."

우리는 돈이 우리에게 해줄 수 있는 것에 대해 과장하는 우를 자주 범한다.

돈이 먹고사는 문제를 해결하기 때문일까?

템플 경(Sir R. Temple)은 "부자가 건강해지고 싶다면 가난한 사람처럼 먹어야 한다"고 말했다. 차나 커피, 버터 바른 빵, 달걀, 청어 그리고 꿀 조금 곁들이면 이보다 좋은 아침 식사가 있을까? 빵과 치즈에 맥주 한 잔만큼 좋은 점심 식사가 있을까? 배가 고플 때 먹는 소박하게 잘 차린 저녁 식사는 어느 부잣집의 진수성찬 부럽지 않다. 제철 음식은 건강에도 좋고 맛도 좋으며 재료값이 상대적으로 저렴하다. 하지만 제철이 아닌 음식은 맛이 떨어진다. 우리는 달걀 요리 하나만으로도 만찬처럼 풍성하게 즐길 수 있다.

부를 즐기려면
부에 집착해서는 안 된다

돈이 많아야 책을 살 수 있을까? 자신이 읽고 싶은 만큼 책을 살 수 없다면 그는 분명 가난한 사람이 맞다. 하지만 요즘은 성경, 셰익스피어, 밀턴 등등 양서를 '헐값으로' 살 수 있다.

돈으로 건강, 재능, 친구, 아름다움, 행복한 가정을 살 수 있을까?

공자는 이렇게 말했다. "춘추시대 제나라 환공은 어마어마한 부자였지만 아무도 그를 좋아하지 않았다. 반면 백이는 굶어 죽었지만 지금도 많은 사람이 그를 존경한다."

부가 행복을 가져다주는가? 주위를 둘러보라.
즐거운 고통과 멋진 불행은 어디에나 있다.
나는 저들의 화려함과 겉치장이 부럽지 않고,
그 속에 잘 감춰놓은 슬픔이 부럽지 않다.   _영

베이컨도 이렇게 말했다. "많은 재산을 가진 사람들은 자기 자신에 대해 잘 알지 못할 뿐더러 일에 빠져 있어 몸과 마음의 건강을 제대로 돌볼 시간조차 없다." 아무리 금으로 만들어졌더라도 족쇄는 모두 나쁜 것이다. 돈은 온갖 근심의 근원이다. 가난뿐만 아니라 돈도 걱정거리를 만들어낸다. 부자 중에는 돈의 주인보다 돈의 노예가 많다. 윌슨 주교(Bishop

Wilson)는 "부는 소유한 사람에게 걱정거리뿐 아니라 고통을 안겨주는 경우가 허다하다"라고 말했다.

돈 때문에 인생을 망친 사람들이 많다. 전반적으로 보면 부자가 가난한 자보다 돈 걱정을 더 많이 하는 것 같다. 현명한 사람만이 부를 통해 행복을 얻을 수 있다. 부자가 되기를 지나치게 열망하는 사람은 늘 가난한 사람으로 살아가게 된다. 러스킨은 이렇게 말했다. "작은 집에 살면서 워릭 성에 감탄하는 것이, 워릭 성에 살면서 아무 감탄도 하지 못하는 것보다 더 행복할지 모른다."

부를 제대로 즐기고 싶다면 부에 집착해서는 안 된다. 페르시아의 시인 사디(Sadi)는 "풍족함이 당신을 끌고 가겠지만 그것이 지나치면 당신이 풍족함을 끌고 가야 한다"고 말했다.

나는 낙타를 타고 있지 않아 아무런 짐과 속박이 없다.
섬기는 왕이 없으니 어느 군주의 말도 두렵지 않다.
내일의 일을 걱정하지 않으니 지나간 슬픔도 돌아보지 않는다.
나는 모든 갈등에서 벗어나 자유롭게 숨 쉬고 평온하게 살아간다.
_사디

인생을 풍요롭게 하는
'부'가 가치 있는 법

베이컨은 "소망하는 것이 적고 두려워하는 것이 많은 사람의 마음은 비참하다"라고 지적했다.

당신이 부자라면 당신은 가난한 사람이다.
금괴를 등에 가득 지고 가는 당나귀와 같다.
무거운 금괴를 지고 여정을 떠나다가
죽는 순간에 비로소 그것을 내려놓는다.　　　_셰익스피어

그러면 다음과 같이 의문이 생긴다.

왜 장래에 쓸 재물을 비축하느라
걱정하며 끙끙거리고 살아야 하는가?
우리가 병에 걸려 고통스러워할 때
재물이 우리를 위로하고 병을 낫게 하는가?
재물이 우리의 생명을 연장하거나
죽음의 순간에 고통을 잊게 하는가?　　　_게이

우리가 예전에 학교에서 배웠듯이 부는 탐욕을 키우도록 부추긴다. "돈이 많아질수록 돈을 사랑하는 마음도 커진다"는 말도 있지 않은가. 미국의 의학자이자 문필가인 올리버 웬델 홈스(Oliver Wendell Holmes)는 이런 상황을 재치 있게 표현했다.

> 나는 금이나 땅을 그토록 바라지는 않는다.
> 여기저기서 빌린 대출금을 갚아주고,
> 은행주 조금과 약속어음 조금,
> 철도 지분 조금만 있으면 된다.
> 운명의 여신이 내가 쓸 수 있는 것보다
> 조금만 더 많은 돈을 보내주길 바란다.

세네카는 "가난한 사람은 많은 것을 바라지만, 탐욕스러운 사람은 모든 것을 바란다"라고 지적했다. 2데나리온과 기름이 필요하지 않았다면 선한 사마리아인이 더 많이 나왔을 거라는 풍자적인 이야기도 전해진다.*

베이컨도 다음과 같은 말을 남겼다. "계속해서 쉬지 않고

---

* 『신약성경』 「누가복음」에 나오는 이야기다. 강도를 만난 사람을 보고 제사장과 레위인은 모른 척하고 지나갔지만, 선한 사마리아인은 기름과 포도주를 상처 부위에 발라주고 여관 주인에게 2데나리온을 주면서 그를 돌보아달라고 부탁했다.

부를 좇다 보면 거기에 시간을 너무 쓰느라 더 고귀한 것을 발견하지 못한다."

부는 인생을 풍요롭게 만들 때만 가치가 있지, 부 자체를 늘리기 위해 인생을 허비해서는 안 된다. 가난은 학자의 신부라는 말도 있지 않은가. 에머슨은 "노새를 잘 다루는 사람은 날개 달린 전차를 갖고 있는 것과 다름없다"고 말했다.

돈을 사랑하는 것은
가장 천박한 일

우리가 돈에 대해 어떻게 표현하느냐도 중요하다. 돈을 벌거나 돈을 굴리는 사람은 많이 들어봤어도 돈을 '즐기는' 사람은 전혀 들어보지 못했을 것이다. 실제로 사람들은 돈을 열심히 벌기는 하지만 자신을 위해 제대로 쓰는 경우는 거의 없다. 『성경』「시편」에서도 "재물을 쌓으나 누가 거둘는지 알지 못하나이다"라고 했다.

크세노폰의 『향연(banquet)』에서 카르미데스(Charmides)는 가난이 부유함보다 더 낫다고 주장한다.

"두려움을 느끼는 것보다 안전함을 느끼는 것이 더 낫다. 노예가 되는 것보다 자유로운 것이 더 낫다. 나라로부터 불신을 얻는 것보다 신뢰를 얻는 것이 더 낫다. 하지만 내가 이 도시에서 부자였을 때는 누가 내 집에 들어와 돈을 훔치거나 나를 해할까봐 가장 두려웠다. (중략) 이제 나는 두 다리 뻗고 편히 잘 수 있다. 교구에서 봉사하라는 요청도 받지 않는다. 정부에서 의심할 정도로 큰 부자도 아니다. 이 도시를 자유롭게 떠났다가 오고 싶을 때 돌아와도 된다. 내가 부자였을 때는 소크라테스나 다른 신분이 낮은 철학자들과 어울린다고 사람들이 나를 비난했다. 하지만 이제 나는 가난해졌으므로 내가 누구와 어울리든 아무도 신경 쓰지 않는다. 나는 많이 가졌을 때 무언가를 잃을까봐 늘 노심초사했다. 하지만 가난해진 나는 더 이상 잃을 것도 없다. 오히려 지금은 무언가 얻을 것이라는 소망이 생겨 위로가 되고 마음이 즐겁다."

카르미데스가 한 말에는 많은 진실이 담겨 있지만 완벽한 진실이라고는 할 수 없다. 더군다나 그가 이 말을 한 시각은 이제 막 저녁 만찬을 마치고 흥겨운 음악이 나오고 있을 때였다.

돈을 현명하게 사용한다면 많은 일을 할 수 있다. 황금은 곧 힘이다. 프랑스의 재치 있는 작가 리바롤(Rivarol)은 이런 말을 남겼다. "돈은 왕 중의 왕이다." 돈은 우리가 원하는 것을 얻게 하는 수단이다. 신선한 공기, 좋은 집, 책, 음악 등등 우리가 즐기고 싶은 것을 돈으로 살 수 있다. 여가를 즐기고 싶거나 세계 여행을 떠나고 싶다면 돈만 있으면 된다. 친구를 돕거나 고통에 처한 사람을 위로하고 싶을 때도 돈이 축복의 기회를 선사한다.

아일랜드의 작가 조너선 스위프트(Jonathan Swift)는 "돈은 머릿속에 두지 말고 마음속에 두라"고 말했다.

구두쇠는 돈 그 자체를 사랑하는 사람이고, 극도로 절약하는 사람이고, 돈을 탐내는 기계와도 같은 사람이다. 우리가 인생에서 배워야 할 한 가지 교훈은 우리 스스로 천박하고 하찮은 걱정거리에서 벗어나는 것이다. 돈을 사랑하는 것은 가장 천박한 일이다.

관대하되 지나치게
베풀지 말라

돈을 지혜롭게 사용하는 일은 매우 중요하다. 솔로몬은 「잠언」에서 "흩어 구제하여도 더욱 부하게 되는 일이 있나니 과도히 아껴도 가난하게 될 뿐이니라"라고 말했다.

데번셔 백작인 에드워드 코트니(Edward Courtenay)는 다음과 같은 유명한 묘비명을 남겼다.

우리가 베푼 것은 우리가 가지고 있는 것이고,
우리가 쓴 것은 우리가 가지고 있었던 것이며,
우리가 남겨둔 것은 우리가 잃어버린 것이다.

이 말은 다음과 같이 바꿀 수도 있다.

내가 모아둔 것은 내가 잃어버린 것이고
내가 쓴 것은 내가 가지고 있었던 것이며,
내가 베푼 것은 내가 가지고 있는 것이다.

관대하되 지나치게 베풀어서는 안 된다.

스스로 부한 체하여도 아무것도 없는 자가 있고
스스로 가난한 체하여도 재물이 많은 자가 있느니라 ┌**잠언**」

가난한 자를 불쌍히 여기는 것은 여호와께 꾸어 드리는 것
이니
그의 선행을 그에게 갚아주시리라 ┌**잠언**」

예수가 부유한 젊은이에게 하는 이 조언은 우리 개개인에

게도 적용된다. 우리의 자녀뿐 아니라 가난한 사람들을 기억해야 하기 때문이다. 당신이 벌어들인 수입은 당신 것이지만, 당신이 조상에게 물려받은 유산은 꼭 당신만의 소유라고 할 수 없다.

재산을 가지고 있는 사람은 『성경』에 나오는 주인에게 달란트를 받은 하인과도 같다. 우리는 받은 달란트에 책임을 져야 한다. 돈은 자랑할 만한 것이 못 된다. 『신약성경』에는 다음과 같은 구절이 나온다. "네가 이 세대에서 부한 자들을 명하여 마음을 높이지 말고 정함이 없는 재물에 소망을 두지 말고 오직 우리에게 모든 것을 후히 주사 누리게 하시는 하나님께 두며 선을 행하고 선한 사업을 많이 하고 나누어 주기를 좋아하며 너그러운 자가 되게 하라. 이것이 장래에 자기를 위하여 좋은 터를 쌓아 참된 생명을 취하는 것이니라."

『성경』에서 말하는 모든 악의 근원은 돈이 아니라 돈에 대한 사랑이다. 예수의 '산상수훈(산 위에서 행한 설교)'에서도 같은 이야기가 나온다. "너희를 위하여 보물을 땅에 쌓아두지 말라. 거기는 좀과 동록이 해하며 도둑이 구멍을 뚫고 도둑질하느니라. 오직 너희를 위하여 보물을 하늘에 쌓아두라. 거기는 좀이나 동록이 해하지 못하며 도둑이 구멍을 뚫지도

못하고 도둑질도 못하느니라. 네 보물 있는 그곳에는 네 마
음도 있느니라."

놀이

기쁘게 노래하고 노래하고 또 노래하라

성공하는 것은 소수만 할 수 있지만

즐기는 것은 모두가 할 수 있다.

놀아야 마음도
몸도 건강하다

'일만 하고 놀지 않으면 바보가 된다'는 속담이 있다. 만약 사람이 밖에 나가지 않고 안에서만 일하면 온실 속 화초처럼 나약해진다. 놀이는 결코 시간 낭비가 아니다. 놀이는 신체 발달에 매우 중요한데, 특히 상체 건강에 좋다. 보통 일을 하다 보면 몸을 웅크리게 되지만 놀이 활동을 하면 팔과 가슴을 쭉 펼 수 있다.

놀이를 하면 건강해지고 일의 활력도 얻는다. 사소한 일을 양보하고 정당하게 플레이하고 지나치게 이익만 추구하지 않는 법을 익히는 등 타인과 어울리는 법을 배운다.

놀이는 신체 건강은 물론이고 정신 건강에도 도움이 된다. 용기, 인내심, 절제력, 유쾌함 등의 성품은 책에서 찾을 수 있거나 누군가의 가르침으로 얻을 수 있는 것이 아니다. 웰링턴 공작은 워털루전투의 승리는 이튼칼리지 운동장에서 얻은 것이라고 말했다. 아이들은 학교 운동장에서 가장 좋은 가르침을 받는다. 물론 놀이는 단순히 오락 활동이어야지 생업이 되어서는 안 된다.

놀이가 건강에 얼마나 중요한지 나는 전문가들의 말을 인용해보고자 한다. 우선 의사인 제임스 패짓 경은 놀이에 관해 다음과 같이 길게 말했다.

"놀이는 오락의 모든 주요 요소를 담고 있을 만큼 훌륭하다. 이에 더해 놀이는 일과 삶에 매우 긍정적인 영향을 미친다. 아이든 어른이든 놀이를 하면 돈이나 어떤 저속한 동기와는 상관없이 서로 협력한다. 놀이는 정당하고 올바르게 일하는 사람들에게 선의를 지닌 동료가 되는 법을 가르쳐준다. 무엇보다도 다른 사람들과 함께 일하는 방법을 알려주는데, 이는 인생의 모든 상황에서 성공에 이르게 하는 최고의 무기다. 우리는 놀이를 하면서 공정함을 배운다. 놀이에서는 경쟁이 아무리 치열해도 어떤 반칙도 허용되지 않는다. 공정하게 놀이를 즐기는 사람은 다른 사람과 거래할 때도 공정한 태도를 유지한다. 놀이에서 공정의 기준을 높이면 사람들은 법 테두리 안에서라도 공정하지 못한 행동은 경멸하게 된다. (중략) 유익하고 활동적인 놀이를 하다 보면 불확실성과 경이로움뿐 아니라 일상적인 업무와는 다른 기술을 익힐 기회를 발견한다. 이 세 가지 특징 때문에 일반적인 일을 할 때와는 다른 즐거움을 얻을 수 있다. 직장 생활을 하다가 잃어버린 능력이나 좋은 자질을 다시금 키우는 기회도 얻는다."

신선한 공기와
황홀한 꽃향기를 즐길 것

깨끗한 물이 사람에게 이롭다고 강조하는 글이 많다. 그런데 신선한 공기 역시 사람에게 이롭다. 신선한 공기만큼 중요한 것이 있을까! 공기는 우리 몸 전체에 스며들며 그 존재를 의식하지 못할 만큼 부드럽게 피부를 감싼다. 공기는 꽃과 과일 향기를 방 안까지 전해주고, 바다 위의 배를 움직이게 하며, 산과 바다의 청정함을 도심까지 옮겨올 만큼 강하다. 공기는 소리를 실어 나르기도 한다. 사랑하는 사람의 목소리와 자연의 아름다운 모든 음악을 전해준다. 공기는 대지를 적신 비의 거대한 저장고이며, 낮의 열기와 밤의 한기를 누그러지게 한다. 머리 위 창공을 가득 채우고 아침과 저녁의 노을을 붉게 물들인다. 공기는 놀랍도록 부드럽고 온화하고 맑아, 공기의 요정 아리엘이 자연의 모든 요정 가운데 가장 섬세하고 사랑스럽고 매력적인 것은 어쩌면 당연한 일이다.
영국의 작가 제프리스(Jefferies)는 이렇게 말했다. "부드러운 공기만큼 안락함을 주는 것도 없다. 공기는 아프로디테의 팔로 둥그렇게 에워싼 커다란 꽃 한 송이와 같다. 푸른 하늘 지붕은 마치 우리 머리 위에 드리워진 초롱꽃과 같고 황홀한 향기는 온 땅 구석구석을 채운다. 야생화 같은 공기는 세상에서 가장 향기롭다. 별처럼 총총 반짝이는 꽃들이 자신을 밀어내려는 거친 잔디와 안간힘을 다해 싸우면서 강둑을 타고 길게 펼쳐진다. 꽃은 이처럼 생존력을 지녔다. 그 투쟁력 덕분에 밋밋했던 길이 아름다운 꽃길이 된다. 나는 아침마다 반짝이는 강둑을 걷는다. 내가 이 길을 걸은 지 몇 년이 지나서야 이 길이 늘 한결같다는 사실을 알게 되었다. 나는 변화를 바라지 않는다. 나는 들꽃과 나무처럼 오래되고 사랑스러운 것들이 변함없길 바란다. 산비둘기와 지빠귀, 노랑멧새가 노래할 수 있을 때까지 노래하고 노래하고 또 노래하길 바란다. (중략) 살아 있는 봄의 계단을 한 발짝 한 발짝 모두 오르면 화려한 여름의 화랑에 이르게 된다. 해가 지나고 또 다른 해가 되고 나는 매번 똑같은 장관을 보고 싶다."

영국에서는 스위스처럼 들판에 꽃들이 다채롭게 피지는 않지만, 가끔씩 노란 미나리아재비로 반짝반짝 빛난다.

은백색의 황새냉이가

온 초원을 기쁨으로 가득 채우네.　　　　　　　　**_셰익스피어**

숲은 들판보다 더 아름답고 환상적이다.

경이로운 야생의 숲은
꿈속의 한 장면 같구나.

나쁜 날씨는
없다

우리는 가끔 날씨가 나쁘다는 말을 한다. 하지만 실제로 나쁜 날씨라는 건 없다. 어떤 날씨든 방식만 다를 뿐 우리에게 기쁨을 선사한다. 곡식을 키우는 농부에게는 나쁜 날씨가 있을 수 있지만, 인간에게는 모든 날씨가 이롭다. 햇빛은 기분을 좋게 하고, 비는 상쾌함을 주며, 바람은 기운을 북돋고, 눈은 마음을 들뜨게 한다. 러스킨은 이렇게 말했다. "나쁜 날씨라고 할 만한 것은 없다. 단지 여러 종류의 좋은 날씨만 있을 뿐이다."
　휴식은 게으름과 같은 말이 아니다. 여름날 나무 아래 풀밭에 누워 물이 졸졸 흐르는 소리를 듣거나 푸른 하늘을 떠

가는 구름을 바라보는 것은 결코 시간 낭비가 아니다.

보통 야외에서 운동을 하면 신선한 공기를 마시니 이 두 가지 모두를 얻는다는 이점이 있다. 그런 의미에서 모든 사람은 적어도 하루에 두 시간은 야외에서 상쾌한 공기를 마셔야 한다는 것을 중요한 의무로 정해야 한다.

상쾌한 공기는 육체만이 아니라 정신에도 좋은 영향을 미친다. 자연은 늘 우리에게 들려주고 싶은 비밀을 품고 있는 듯 보인다. 그리고 실제로 우리에게 그 비밀을 들려준다.

대지와 하늘, 숲과 초원, 호수와 강은 모두 책에서는 배울 수 없는 것을 우리에게 가르쳐주는 훌륭한 선생님이다. 게다가 시골로 가서 강에서 배의 노를 젓거나, 숲에서 꽃을 모으거나, 땅속에서 화석을 찾거나, 해변에서 조개나 해초를 줍거나, 크리켓이나 골프를 즐기거나, 다른 종류의 운동을 하면서 신선한 공기를 마시면 모든 근심과 걱정이 씻은 듯 잊히거나 상당히 줄어든다. 자연은 우리를 차분하게 만들어주고 활기를 일으킨다. 자연은 우리 마음에 평화와 생기를 불어넣는다.

물론 쾌락과 놀이에만 빠져 사는 삶은 이기적이고 지루하다. 놀이 자체가 생업이 되어서는 안 된다. 다만 적당히 즐기는 건 나태함과는 다르다.

진정한 즐거움과
거짓된 즐거움

그렇다면 여가의 본질은 무엇인가? 즐거움에도 진정한 즐거움과 거짓된 즐거움이 있다. 고대 그리스의 철학자 플라톤(Plato)은 프로타르쿠스가 소크라테스에게 다음과 같이 묻게 했다. "소크라테스 선생님, 진정한 즐거움이란 무엇입니까?"

그러자 소크라테스가 대답했다. "아름다운 색과 형태를 띠고 향기와 소리가 나는 모든 것이다. 부재하면 감각도 없고 고통도 없지만 존재하면 감각되고 즐거움을 주는 모든 것이다."

그러나 감각으로부터 진정한 즐거움을 얻는다고 해도 이것이 최고의 선은 아니다. 소크라테스는 계속해서 말을 이었다. "필레부스는 즐거움이나 쾌락, 기쁨과 같은 느낌이 모든 살아 있는 존재에게 유익하다고 말했다. 하지만 나는 이런 것보다는 지혜와 지식, 올바른 견해와 참된 이성과 같은 것이 이를 갖출 수 있는 사람들에게는 쾌락보다 더 낫고 이롭고 바람직하다고 생각한다."

진정한 즐거움은 셀 수 없이 많다. 가족, 친구, 대화, 책, 음악, 시, 미술, 운동, 휴식, 자연의 아름다움과 다채로움, 여름과 겨울, 아침과 저녁, 낮과 밤, 햇빛과 폭풍, 숲과 초원, 강과 호수와 바다, 동물과 식물, 나무와 꽃, 잎사귀와 열매는 그 즐거움 중 일부다.

'우리가 즐길, 땅에서 나는 풍성한 열매'를 요청하는 기도를 올릴 때 우리가 얻는 유익은 적지 않다. 게다가 이탈리아 작가인 만테가자(Mantegazza)도 "훌륭한 문명의 길을 따라 걷다 보면 그동안 알려지지 않은 새로운 즐거움을 많이 만나게 될 것이다"라고 말했다.

인생을 즐기지 못하면 그건 우리 자신의 잘못이다. 러스킨은 이렇게 말했다. "성공하는 것은 소수만 할 수 있지만 즐기는 것은 모두가 할 수 있다."

『아라비안나이트(Arabian Night)』에서 나오는 신비한 물건 중 하나는 마법의 양탄자다. 이 양탄자를 타면 어디든 가고 싶은 곳으로 갈 수 있다. 이제는 기차가 우리 모두에게 마법의 양탄자다. 러스킨은 "우리의 시야가 넓어지면 우리의 상상력도 풍부해진다"고 말했다.

좋은 대화가
최고의 기쁨

나는 좋은 대화야말로 이 세상에서 누릴 수 있는 가장 큰 즐거움이라고 생각한다. 좋은 대화는 몸과 마음에 훌륭한 강장제이자 음식이다. 영국의 시인 헤릭(Herrick)은 극작가 벤 존슨(Ben Jonson)에게 진 빚을 분명히 인정하면서 그들의 저녁 식사 자리를 다음과 같이 묘사했다.

> 우리가 한 자리에 모이면
> 고상하면서도 소탈하지만, 미치지는 않았다.
> 당신이 지은 시 구절은
> 고기보다 맛있고 와인보다 향긋하다.

존슨은 "우리는 좋은 대화를 나눴다"라면서 저녁 식사 자리의 즐거움을 표현했다. 나도 다윈(Darwin), 라이엘(Lyell), 킹즐리(Kingsley), 러스킨, 후커(Hooker), 틴들(Tyndall)과 같은 사람들을 만나면 한 시간만 있어도 신선한 공기를 마신 것처럼 기분이 좋아진다.

사람마다 '대화의 기술'은 천차만별이다. 매우 똑똑하고 재미도 있지만 자신과 관련되지 않은 이야기를 할 때는 별로 기대할 내용이 없는 사람을 나는 알고 있다. 대화를 잘하는 사람은 어디서든 환영을 받는다. 다른 기술과 마찬가지로 대화의 기술도 훈련할 수 있다. 연습하지 않고도 말을 잘할 수 있는 사람은 없다.

윌리엄 템플 경(Sir William Temple)은 "좋은 대화의 첫 번째 요소는 진실이고, 두 번째는 분별력이고, 세 번째는 유머이며, 네 번째는 재치"라고 말했다. 이 중에서 앞의 세 가지 요소는 누구나 가지고 있는 능력이다.

사람들은 대화를 통해 많은 것을 배운다. 베이컨도 이렇게 말했다. "질문을 많이 하는 사람은 더 많이 배우고 더 많이 만족감을 느낀다. 특히 질문을 받은 상대가 그 분야를 잘 알 때 더욱 그렇다. 대답하는 사람은 말하는 즐거움이 있고 질문하는 사람은 지식이 쌓이는 즐거움이 있기 때문이다."

아름다운 일몰은
천국의 문

우리는 아이들만이 아니라 우리 자신에게도 미적 감각을 충분히 계발시키지 못하고 있다. 이처럼 순수하지만 비용이 들지 않고 얻기도 쉬운 즐거움이 또 어디 있을까! 어떤 사람은 풍경, 나무와 잎사귀, 열매와 꽃, 푸른 하늘, 뭉게구름, 반짝이는 바다, 호수 위의 잔물결, 강에 비치는 빛, 잔디에 드리워진 그림자, 밤하늘의 달과 별을 보며 그 정취에 기쁨을 만

낄할 수 있다. 하지만 어떤 사람은 아무런 감흥도 느끼지 못한다. 달빛과 별빛은 그냥 빛일 뿐이고, 새와 곤충, 나무와 꽃, 강과 호수와 바다, 해와 달과 별은 아무런 흥미도 일으키지 못한다.

> 영혼이 육신을 만들듯
> 육신이 영혼을 만드네.   _스펜서

영국의 예술가 해머턴(Hamerton)은 다음과 같이 말했다. "인공적인 색깔은 수준 낮은 자부심을 표현하기에 적당할지 몰라도 저물어가는 하늘의 구름이나 야생 오리의 날개 깃털 하나를 묘사하기에는 충분치 않다."

러스킨은 이렇게 말했다. "언제나 아름다움을 깊이 느끼며 바라보아야 할 빛이 있다. 바로 동틀 무렵이나 저물 무렵의 하늘을 물들인 노을빛이다. 수평선 위에 펼쳐진 푸른 하늘에서 모닥불처럼 붉게 타오르는 선홍빛 구름 조각의 빛이다." 하늘의 구름은 대지를 밝게 비추는 듯하고, "저 멀리 서쪽 봉우리는 천년의 일몰로 붉게 물들었다." 아름다운 일몰은 마치 천국의 문을 보는 듯한 착각을 일으킨다.

일단 좋은 것을
누려라

『탈무드』 주석자들은 이렇게 말한다. 모든 사람이 하늘이
내려준 음식 '만나'에서 각자 가장 좋아하는 맛을 느끼듯이,
모든 사람은 하늘이 내려준 '자연'에서 가장 좋아하는 것을
즐긴다고.

나는 여기서 진정한 즐거움을 더 길게 나열할 생각은 없
다. 순수한 즐거움이 이토록 많은데 왜 부정적이고 의심스러
운 것을 선택하는가? 가능하다면 일단 좋은 것을 누려라. 그
런 다음 다른 것을 생각해도 늦지 않다.

스스로 인생을 알고 세상을 안다고 생각하는 사람은 크게
착각하고 있는 것이다. 이런 사람은 한 마을에서 벗어나지
못했지만 지혜롭게 세상을 바라보는 농부보다도 존재의 실
체를 더 알지 못한다.

사치하는 삶(이것이 화려한 삶이라고 오해하는 사람도 있지만)은
엉터리 행복을 추구하는 것이다. 이러한 삶에 희생된 사람들
은 책임이 자신에게 있지만 오히려 세상을 원망한다. 보브나
르그는 이런 말을 했다. "쾌락이 우리를 소진시켰는데도 우
리는 우리가 쾌락을 소진시켰다고 착각한다." 프랑스 시인

알프레드 드 뮈세(Alfred de Musset)도 이렇게 말했다. "나는 아직 젊다. 인생길을 절반 정도 왔는데도 이미 지쳐서 인생을 돌아보고 있다." 참으로 우울한 고백이 아닐 수 없다! 그가 만약 지혜롭게 살아왔다면 감사하는 마음으로 인생을 되돌아보고 희망을 품고 앞으로 나아갔을 것이다.

한 사람이 살아온 인생의 가치는 그 사람의 도덕적 가치로 평가받는다. 영국의 목사인 제러미 테일러(Jeremy Taylor)는 다음과 같이 말했다.

"정신이 육체를 현명하게 지배하고, 사랑으로 다스리고, 유익하게 돌보고, 풍성하게 공급하고, 너그럽게 처신하면, 정신과 육체는 온전한 인간을 만든다. 하지만 반대로 육체가 강제로 복종시키고, 욕망에 사로잡혀 이성을 학대하고, 자유의지와 선택을 압도하면, 정신과 육체는 바람직한 동반자가 되지 못하고, 그 사람은 어리석고 비참한 인생을 살게 된다. 정신이 육체를 지배하지 못하면 둘은 동반자가 되지 못한다. 오히려 육체의 노예가 되고 말 것이다."

4 장

5장

건강

왜 청명한 몸 상태를
꿈꾸지 않는가

당신은 마음의 병을 치료해

기억 속에 뿌리박힌 슬픔을 뽑아내고

머리에 새겨진 고통을 지워버리고

망각이라는 달콤한 해독제로

마음을 짓누르는 위험한 것들을

왜 가슴에서 깨끗이 없애지 못하는가?

건강한 정신을 만드는
건강한 신체

정신은 인간의 가장 숭고한 영역이지만, 인간이 존재하는 방식에 따르면 어찌 됐든 정신은 육체를 통해 활동할 수밖에 없다. 영국의 과학자 마이클 패러데이(Michael Faraday)가 어렸을 때 경험한 일이 이 사실을 뒷받침해준다. 패러데이는 어린 시절에 약국에서 일한 적이 있다. 하루는 약국에 손님이 찾아와서 그는 벨을 눌렀지만 어떤 약사도 그 소리를 듣지 못했다. 그래서 울타리 안으로 머리를 집어넣어 약사가 있는지 확인하려고 했는데, 그때 문득 자신이 실제로 울타리 어느 쪽에 존재하는 것인지 의문이 들었다. 그는 사람은 머리가 있는 쪽에 존재한다고 결론 내렸지만, 그 순간 문이 갑자기 열리면서 울타리에서 빠져나오기도 전에 다리가 울타리에 끼고 말았다. 결국 그는 머리와 나머지 다른 부위들은 서로 떨어질 수 없다는 오랜 진리를 뼈저리게 느꼈다.

현대사회에서는 건강에 대한 연구가 어느 때보다도 중요

해졌다. 우리 조상들은 넓은 자연환경 속에서 맑은 공기를 마시며 농사를 짓고 살았다. 하지만 우리는 도시에 집중적으로 모여 살면서 사무실이나 상점, 공장 안에서 일을 한다. 주로 앉아서 몸을 굽힌 상태에서 일을 하는 탓에 뇌와 신경계에 큰 무리가 온다. 대도시에 살고 있는 우리는 조상들보다 활력이 부족하다는 사실을 인정할 수밖에 없다. 런던의 빈민가나 대규모 공장 지역을 차를 타고 지나가다 보면 얼굴이 생기 없이 창백하고 몸이 야윈 사람들을 심심찮게 볼 수 있다. 게다가 위생 환경은 허약한 사람이 환자를 회복시킬 만큼 개선되어 있지도 않다. 세심한 주의를 기울이거나 건강에 대한 기초 지식만 있어도 질병 대부분은 예방할 수 있었을 것이다.

기록이 남아 있는 머나먼 고대에도 현명한 정치인들은 건강이라는 주제에 큰 관심을 보였다. '건강한 신체에 건강한 정신이 깃든다'는 말이 얼마나 중요한지 깨닫고 있었다.

"청결은 신앙심 다음으로 중요하다"

건강을 관리하는 것은 우리가 지켜야 할 신성한 의무다.

모세의 가르침 중에도 위생과 관련된 부분이 상당히 많았다고 한다. 사실 나는 이 이야기가 정확한지는 모르겠다. 『성경』에 있는 내용은 종교뿐 아니라 시민과 사회에 관한 일종의 법전이다. 그럼에도 건강에 관한 법칙은 엄밀히 말해 종교의 일부는 아니지만 항상 종교와 가까운 것으로 여겨졌다.

『성경』에서 바울은 이렇게 말한다. "너희 몸은 너희가 하나님께로부터 받은 바 너희 가운데 계신 성령의 전인 줄을 알지 못하느냐." 육체를 숭배한 이집트인은 육체를 경멸한 서양 중세인보다 더 현명했다.

영국의 목사 찰스 킹즐리는 이렇게 말했다. "그리스인은 지육(智育)뿐만 아니라 체육(體育)도 중요한 교육으로 여겼다. 그리스 여성들은 우아한 몸동작을 연습했고 때로는 운동도 실시했다. 이처럼 자유롭고 건강한 생활을 하면서 그리스인은 아름다운 인간의 육체를 소유하게 되었다."

우리가 바라는 것은 죽음이 아니라 생명이다.
그러나 우리는 생명의 기운이 허약하다.
우리는 더 충만하고 온전한 생명을 바란다.

옛 격언에 '청결은 신앙심 다음으로 중요하다'는 말이 있다. 현대 의학은 이 격언이 사실임을 확인시켜줄 뿐 아니라 그 이유를 명확하게 설명해준다.

수많은 질병이 세포조직의 비정상적인 상태 때문에 발생하는 것이 아니라 다른 미생물의 침입 때문에 발생한다. 콜레라, 천연두 등 여러 질병은 우리 몸에서 저절로 생겨나는 것이 아니라 병균이 몸속으로 들어오면서 생기는 것이다. 그러므로 우리 몸만이 아니라 우리가 사는 집, 입는 옷, 마시는 물, 숨 쉬는 공기까지 모두 청결하게 유지하는 것이 중요하다.

'술'은 한마디로
악마의 유혹

인간의 몸은 그 자체로 하나의 기적과도 같다! 인간의 뇌 속에 저장된 엄청난 양의 지식을 생각해보라! 인간의 근육이 의지에 얼마나 빠르게 반응하는지 생각해보라! 제임스 패짓 경은 노련한 음악가는 1초에 24번까지 건반을 누른다고 했다. 건반을 한 번 누를 때마다 신경 흐름이 뇌에서 손가락으로 전달되고 다시 손가락에서 뇌로 전달된다. 건반을 누를 때 손가락을 내렸다가 올리고 옆으로 이동해야 하니 적어도 세 번의 움직임이 필요하다. 따라서 1초에 72번 정도 손가락을 움직이는 셈이다. 게다가 각각의 음을 내기 위해서는 한 치의 오차도 없이 일정한 속도와 힘을 가지고 정확한 위치를 지시하는 의지의 노력이 필요하다.

피부는 수백만 개 세포와 수 킬로미터에 이르는 정맥과 동맥, 모세혈관, 신경조직으로 이루어진 섬세하고 정교한 신체 기관이다. 피부가 지속적으로 스스로 재생하고 기능을 제대로 완수하려면 적절한 관리와 충분한 수분 공급이 필요하다. 머리를 빗으로 빗는 것처럼 피부도 부드러운 솔로 관리해주어야 한다.

밀턴이 말했듯이, 질병에 걸리는 이유 대부분은 스스로 몸 관리를 제대로 하지 않은 게으름에 있다.

세네카는 이렇게 말했다. "혹한이나 알프스산맥도 한니발 장군의 무릎을 굽히지 못했지만, 캄파니아의 사치스러운 생활이 그를 나약하게 만들었다. 그는 전쟁에서는 승리했으나 쾌락에게는 패배하고 말았다."

순수한 기쁨으로 가득한 감각이라고 해도 우리가 그것에 굴종하면 마치 세이렌*에게 홀린 것처럼 인생의 암초와 소용돌이에 좌초되고 말 것이다. 식습관이 잘못되어 병에 걸리

---

* 그리스신화에 나오는 바다의 괴물로 여자의 얼굴과 새의 몸을 가지고 있다. 신비로운 노랫소리로 뱃사람을 홀려 죽이는 아름답지만 치명적인 괴물이다.

는 경우도 많다. 보통 '음료(drink)'라는 단어는 '술(Alcohol)'과 동의어로 사용한다. 그런데 북유럽 국가에서는 이 술이 끔찍한 저주이기도 하다. 효과가 좋은 약도 지나치게 복용하면 죄와 불행과 고통의 근원이 될 수 있다. 깨끗한 물은 누구도 범죄자로 만들지는 않지만, 범죄는 거의 대부분 술과 관련 있다. 유대인 속담 중에 이런 말이 있다. '악마가 어떤 사람 속에 들어가지 못할 때는 술을 보낸다.'

악마가 한번 들어가
문 안에 서 있으면
평화와 소망과 기쁨은
더 이상 들어오지 못한다.   _ 셜리

고대 로마의 문인이자 정치가인 플리니우스(Plinius)는 다음과 같이 말했다. "술을 마시면 손이 떨리고, 눈이 풀리고, 밤이 시끄럽고, 악몽을 꾸고, 아침에 입에서 악취가 나고, 모든 일을 까맣게 잊어버린다." 월터 롤리 경(Sir Walter Raleigh)은 플리니우스의 이 구절을 인용하면서 이렇게 덧붙였다. "술을 좋아하는 사람은 비밀을 지키지 못하므로 누구에게도 신뢰를 얻을 수 없다. 술은 사람을 짐승으로 만들 뿐 아니라 미치

광이로 만든다. 당신이 술을 사랑한다면 아내와 아이들과 친구들은 당신을 증오할 것이다."

활기찬 젊음을 원한다면
술을 멀리하라

셰익스피어는 여러 탁월한 글을 통해 술을 신랄하게 비난했다.

오 저 사람은 뇌를 도둑질하는 도적을
입속으로 콸콸 넣고 있구나!
기쁨과 쾌락에 빠져 흥청거리고 놀다 보면
우리는 짐승처럼 변하고 말 것이다.

"이성적인 사람이 점점 바보가 되더니 결국 짐승이 된다"는 말도 있다. 하지만 이 말은 짐승 입장에서는 부당하게 들릴 수도 있다.
반면에 절제하는 사람은 참으로 큰 보상을 얻는다!

내가 늙어 보이지만 아직 강하고 열정적이다.

젊었을 때 그 뜨겁고 반항적인 액체를
내 피에 절대 주입하지 않았기 때문이다.
그러므로 내 나이는 서리를 맞는다 해도
활기찬 겨울처럼 모든 걸 이겨낸다.　　　　_셰익스피어

『성경』에는 음주의 해악을 비난하는 구절이 많지 않다고
놀라워하는 사람들도 있지만, 이 책이 쓰인 역사적 배경은
더운 나라라는 사실을 기억해야 한다. 음주는 주로 추운 기
후 지역에서 나타나는 악습이다. 물론 『성경』「잠언」에서 솔
로몬도 음주 행위를 비난했다.

재앙이 뉘게 있느뇨? 근심이 뉘게 있느뇨?
분쟁이 뉘게 있느뇨? 원망이 뉘게 있느뇨?
까닭 없는 상처가 뉘게 있느뇨? 붉은 눈이 뉘게 있느뇨?
술에 잠긴 자에게 있고
혼합한 술을 구하러 다니는 자에게 있느니라.
포도주는 붉고 잔에서 번쩍이며 순하게 내려가나니
너는 그것을 보지도 말지어다.
그것이 마침내 뱀같이 물 것이요
독사같이 쏠 것이며

음주라는 악습이 앞으로 줄어들 것이라는 희망에는 몇 가지 근거가 있다. 사람들이 지적인 일을 할 기회가 많아지고, 음악, 미술, 책에 접근하기가 더 쉬워지고, 사람들이 사는 집이 더 편리하고 안락해지면서 술을 절제할 힘도 더 커지고 있다.

식사가 길어지면
인생은 짧아진다

술의 해악이 분명하게 드러나듯이 과식의 해악도 두드러지게 나타난다. 열에 아홉 명은 자신에게 필요한 양보다 더 많이 먹는다. 가끔 마음껏 만찬을 즐기는 것은 괜찮지만, 매일같이 과식을 하면 건강에 해롭고 삶이 피폐해진다. 사람들은 별생각 없이 과식을 하기도 하고 별 두려움 없이 너무 적게 먹기도 한다.

모든 삶의 영역에는 중용이 필요하다. 영국의 작가 슈얼 (Sewell)은 이렇게 말했다. "실로 지식과 열정이라는 황금은 제련하면 가치가 10배 이상 뛸 것이다. 힘에 온화함을 더하고 열정에 절제를 더하는 것이 모든 성공의 비결이다."

중용은 나약함이 아니라 강인함이다. 중용의 자세를 유지하려면 자기 절제와 극기심이 필요하기 때문이다.

식사를 너무 오래 하지도 말고 너무 급하게 하지도 말라. 항상 식사량이 약간 부족하다고 느껴질 때 식탁에서 일어나야 한다는 말이다. 위가 가득 차면 뇌는 제 역할을 수행하지 못한다. 저녁 식사 후에 잠깐 휴식을 취하는 것은 좋은 습관이지만, 너무 많이 먹어서 다음 식사 시간까지 쉬어야 한다면 그야말로 불쌍한 인생이다. 살기 위해 먹어야지, 먹기 위해 살아서는 안 된다. 식사가 길어지면 인생은 짧아진다.

원시 부족민이 '주술사'가 되고 싶을 때는 오랫동안 금식하면서 준비한다. 그러면 신경계의 활동이 증가하고 이것을 하나의 영감으로 받아들인다. 물론 미신이긴 하지만 먹는 음식의 양을 줄일 때 우리는 정신 활동을 더 활발하게 할 수 있다.

게다가 위가 가벼우면 마음도 가벼워진다. 과식하면 무기력해진다. 다른 모든 병을 합친 것만큼이나 소화불량으로 고생하는 사람들이 많다.

베이컨은 이렇게 말했다. "식사에 갑자기 큰 변화를 주지 않도록 조심하라. 변화가 필요하다면 나머지 생활도 거기에 맞춰야 한다. 고기를 먹는 시간, 잠자는 시간, 운동하는 시간을 자유롭게 즐거운 마음으로 조절할 수 있어야 오랫동안 지속하며 지킬 수 있다."

영국의 의사 애버네시(Abernethy)도 "건강하게 살고 싶다면 하루에 6달러로 살아야 하고, 그 돈은 직접 벌어야 한다"고 말했다. 이 단순하지만 지혜로운 말 속에는 식사와 운동의 중요성이 잘 담겨 있다. 물가가 낮은 시절에는 6달러로도 건강에 좋은 음식을 충분히 살 수 있었다. 물론 술을 마시거나 과식을 할 수 있을 정도로 여유 있는 돈은 아니다.

이 말은 운동의 중요성을 강조하는 것이기도 하다. 오늘날과 같은 환경에서는 야외에서 시간을 보내는 것을 결코 낭비라고 말할 수 없다. 이러한 시간은 인생을 낭비하는 것이 아니라 오히려 이 땅에서 살아가는 날을 더 늘린다. 고대 로마인의 훌륭한 속담으로 '공기 중에 있을 때 건강해진다'는 말이 있다. 야외로 나가는 것만큼 건강에 좋은 것도 없다.

깨끗한 물은 신선한 공기만큼이나 중요하다. 가능하다면 시원한 물을 충분히 마시는 것이 신체 내부와 외부에 모두 좋다. 치아 건강에 신경 쓰는 것처럼 사소한 문제에 관심을 가져야 우리의 삶 전체가 편안해진다.

뇌도 근육처럼
운동이 필요한 법

건강은 약보다는 습관이나 음식에 훨씬 더 큰 영향을 받는다. 우리 조상들은 질병을 물리치기 위해 약을 사용했다. 의사들뿐만 아니라 베이컨도 약을 권했다. 하지만 이는 매우 잘못된 방법이다. 영국의 철학자 로크(Locke)가 가장 먼저 이 잘못을 지적했다. '의학(Medical Science)'이라는 이름 자체가 약(medicine)을 사용한다는 의미를 내포하고 있다. 그런데 우리가 건강에 신경 쓰며 산다면 약을 사용할 일은 거의 없을 것이다.

자연이 정정당당한 경기를 할 수 있도록 내버려두라. 나폴레옹은 "살아 있는 자연의 원리에 대항하지 말라. 자연이 치유력을 발휘하도록 하라. 그것이 어떤 약보다 효과가 클 것이다"라고 했다.

신선한 공기와 깨끗한 물, 적절한 식사만으로도 사람들은 오랫동안 건강한 삶을 영위하고 나이가 들어서도 젊음을 유지할 수 있다.

그런데 건강은 단지 몸에 관한 문제만은 아니다. 리처드슨 박사는 "화, 증오, 슬픔, 공포는 활력을 파괴하는 원인이다"라고 했다. 반대로 유쾌함, 웃음, 마음의 평안은 건강을 유지하는 데 매우 효과적인 요소다.

스파르타의 전설적인 입법자 리쿠르구스(Lycurgus)는 스파르타의 식당마다 조그마한 웃음의 신 조각상을 세워두었다고 한다. 프랑스의 박물학자 뷔퐁(Buffon)은 "많은 사람이 더 오래 살 수 있음에도 자만심과 원통함 때문에 일찍 죽는다"고 했다. 프랑스 사람들을 두고 한 말이었지만 사실 다른 나라 사람들도 마찬가지다.

우리가 어떤 문제에 예민해지면 아주 사소한 문제로도 큰 재앙을 겪는다. 그러므로 우리에겐 적절한 휴식과 신선한 공기가 필요하다. 아이든 어른이든 무슨 일을 하다가 과도한 압박 때문에 죽음으로 내몰리는 경우가 있는데, 대부분 일 자체보다는 초조하거나 근심이 심할 때 몸을 망치게 된다. 많은 사람이 근면과 성실함보다 게으름, 방탕, 방종 때문에 죽었다. 뇌도 근육처럼 운동이 필요한 법이니, 아침에 일찍 기상하고, 절제하는 생활을 하고, 현명하게 판단하고, 열심히 일하되 과하지 않게 하면 잃는 것보다 얻는 게 더 많을 것이다.

마음을 짓누르는
위험을 제거하라

우리 대부분은 살면서 한 번쯤 불면증에 시달린 적이 있을 것이다. 불면증은 확실히 사람을 우울하게 만든다. 어떤 사람은 불면증에 시달리느라 마치 커다란 불운이 닥칠 것처럼 생각한다. 평소였으면 가볍게 넘길 사소한 문제도 극복하기 힘든 어려움으로 다가온다. 모든 즐거움으로부터 멀어진 마음은 이미 벌어진 나쁜 일과 앞으로 닥쳐올지 모를 나쁜 일을 계속 곱씹는다. 하지만 절망할 필요는 없다. 사람은 불면증 때문에 죽지 않는다. 그러나 무슨 일이 있어도 약은 먹지 말라. 그건 정말 위험한 일이니까.

가능하면 집에 있는 시간을 줄이고 밖에 있는 시간을 늘려라. 매사를 가볍고 편안하게 받아들여라. 그러면 어느 날 갑자기 숙면의 축복이 찾아올 것이다. 불면증이 오래 지속되지만 않는다면, 당신은 숙면이 얼마나 소중한지 배우는 선물을 받는 셈이다. 보통 우리는 잠이 얼마나 고마운지 평소에는 알지 못하니까 말이다.

대부분 몸의 병은 마음에서 비롯된다. 의사들은 신체적인 증상만 고려하지 말고 다음과 같은 질문을 스스로에게 자주 던져봐야 한다.

당신은 마음의 병을 치료해
기억 속에 뿌리박힌 슬픔을 뽑아내고
머리에 새겨진 고통을 지워버리고
망각이라는 달콤한 해독제로

마음을 짓누르는 위험한 것들을
왜 가슴에서 깨끗이 없애지 못하는가? _셰익스피어

건강은 행복을 위한 중요한 요소일 뿐 아니라 일을 잘하기 위한 필수 요소이기도 하다. 건강을 소홀히 하는 것은 시간을 낭비하는 일이자 이기적인 일이다.

과로하면 일을 잘 해내는 게 어렵고 최선을 다하기도 힘들다. 지쳐 있는 상태에서 계속 일만 하다 보면 나중에는 더 많은 시간 동안 휴식을 취해야 한다. 게다가 일의 결과물은 완성도가 떨어지고 급하게 대충 끝낸 티가 난다. 이런 상태에서는 제대로 된 판단을 했을 리 만무하다. 만약 다른 사람들과 협력해야 하는 일이라면 갈등과 오해가 불거질 수도 있다.

과로한 사람에게 간단한 그림을 그리게 해보라. 아마 손을 제대로 움직이거나 조절하기도 힘들 것이다. 단지 근육의 피로만이 아니라 신경쇠약이 원인이다. 일은 즐기면서 해야 한다. 일을 즐기려면 꾸준히 활기차게 하되, 중간중간 적절히 쉬어주고 음식, 휴식, 운동, 휴가를 잘 챙겨야 한다.

건강이 나빠지고 몸이 허약해지는 것은 대부분 우리가 자초한 일이다. 물론 태어날 때부터 약골인 사람도 있다. 하지만 자연은 이런 사람들이 건강한 정신을 통해 연약한 몸을 이겨내도록 도와준다. 우리 주변에는 신체의 한계를 이겨낸 사람들이 많이 있다. 우리는 그들을 통해 밝고 긍정적인 마음가짐이 건강한 생활을 즐기고 삶의 어려움을 극복하는 데 매우 중요하다는 사실을 다시금 깨닫게 된다.

교육

성숙한 '오늘'을 위해
끊임없이 매진할 것

무지는 신의 저주이고,
지식은 천국으로 날아가게 하는 날개다.

지식은 천국으로
향하는 날개

　옛 기록을 보면 현인들은 무엇보다 교육의 중요성을 강조했다.

　인도의 설화집 『히토파데샤(Hitopadeśa)』에는 이런 말이 나온다. "모든 보물 가운데 지식이 가장 중요하다. 지식은 빼앗기거나 누군가에게 주거나 소모할 수 있는 것이 아니기 때문이다." 플라톤도 이런 말을 남겼다. "교육은 훌륭한 사람들이 가질 수 있는 가장 좋은 것이다."

　몽테뉴는 "무지는 악의 어머니"라고 했다. 미국의 평론가 풀러(Fuller)는 "교육은 누군가에게 받을 수 있는 최고의 선물"이라고 했다. 그리고 프랑스의 어느 도덕주의자는 "지식이 없는 권력은 위험하다"고 했다. 무지한 삶은 상대적으로 따분할 수밖에 없다. 사람에게는 지식이 생계 수단만이 아니라 삶의 수단으로서 필요하다.

　이탈리아의 시인 페트라르카(Petrarca)는 무언가를 배우는 일을 가장 좋아한다고 말했다. 셰익스피어는 세이 경(Lord Say)의 입을 통해 자신의 생각을 다음처럼 드러냈다.

무지는 신의 저주이고,
지식은 천국으로 날아가게 하는 날개다.

솔로몬은「잠언」에서 유려한 언어로 말한다.

지혜를 얻은 자와 명철을 얻은 자는 복이 있나니
이는 지혜를 얻는 것이 은을 얻는 것보다 낫고
그 이익이 정금보다 나음이니라.
지혜는 진주보다 귀하니
네가 사모하는 모든 것으로도
이에 비교할 수 없도다.
그의 오른손에는 장수가 있고
그의 왼손에는 부귀가 있나니
그 길은 즐거운 길이요
그의 지름길은 다 평강이니라.

그런 다음 이렇게 말한다.

지혜가 제일이니 지혜를 얻으라.

네가 얻은 모든 것을 가지고 명철을 얻을지니라.

갈수록 중요해지는
교양과 친절과 계몽

하지만 특별히 여성에 관해서는 반대되는 의견이 오랫동안 지배해왔다. 독일에는 '옷장이 여자들의 책장'이라는 말이 있었고, 프랑스에는 '여자는 사복음서*라는 네 개의 벽으로 가둬야 한다'는 속담이 있었다. 가난한 사람이든 부유한 사람이든 교육과는 상관없다고 생각한 것이 그리 오래된 일이 아니다. 교육은 오로지 사제나 수도사의 몫으로 여겨졌다. 성직자 겸 학자를 뜻하는 'clerk'라는 단어가 이런 생각을 잘 나타낸다.

심지어 영국의 시인 새뮤얼 존슨(Samuel Johnson)처럼 현명하고 훌륭한 사람도 세상 모든 사람이 글을 배운다면 육체노동을 하는 사람은 찾아보기 힘들 것이라는 말을 자명한 진리처럼 이야기했다. 새뮤얼 존슨은 뛰어난 지식인이었지만 노동의 가치를 제대로 깨우치지 못했다.

---

* 『신약성경』의 네 가지 복음서, 「마태복음」, 「마가복음」, 「누가복음」, 「요한복음」을 말한다. 여자는 『성경』 외의 다른 책을 읽으면 안 된다는 말을 비유적으로 표현한 속담이다.

하지만 이런 시대가 지나고 또 다른 시대가 찾아왔다. 이제 교육은 직업과 특별히 깊게 연관되었다. 그럼에도 아이들은 자신의 신분을 뛰어넘을 수 없었다. 예컨대, 가난한 아이들은 직업에 필요한 읽기와 쓰기 정도를 배우고 단순 계산에 필요한 산수만 익히면 되었다.

이것이 교육의 두 번째 단계다.

지금은 단지 '사람을 더 나은 노동자로 만드는 것'뿐만 아니라 '노동자를 더 나은 사람으로 만드는 교육'을 지향한다. 프랑스의 작가 빅토르 위고(Victor Hugo)는 "학교 문을 여는 사람은 감옥 문을 닫는다"라고 적절한 비유로 말했다.

영국의 시인이자 비평가인 매튜 아놀드(Matthew Arnold)는 저서 『교양과 무질서(Culture and Anarchy)』에서 교양이나 친절이나 계몽이라는 말은 모두 터무니없다고 생각하는 사람들이 많다고 지적했다. 하지만 이 책은 1869년에 쓰였다.

교육법이 통과된 1870년은 영국 사회 역사에서 아주 중요한 전환점이었다. 당시 영국의 초등학생 수는 약 140만 명이었지만, 지금은 500만 명이 넘는다. 학생 수가 늘어나면서 어떤 결과를 가져왔을까? 먼저 범죄 관련 통계부터 살펴보자.

1887년까지 수감자 수는 증가 추세를 보였다. 그해에 수

6장

감자 수는 2만 800명에 이르렀다. 하지만 그때부터 꾸준히 감소하더니 지금은 1만 3,000명에 불과하다. 약 3분의 1 정도가 줄어든 것이다. 하지만 인구는 계속 증가하고 있다. 1870년 이래 인구는 지금까지 3분의 1이나 늘어났다. 만약 수감자 수도 그에 비례해 증가했다면 1만 3,000명이 아니라 2만 8,000명이 되어야 맞다. 거의 두 배 가까운 수치다. 이런 경우에는 경찰서와 교도소에 들어가는 비용이 적어도 400만 파운드가 아니라 800만 파운드로 두 배 더 들었을 것이다.

청소년 범죄도 눈에 띄게 줄어들었다. 1856년에는 청소년 범죄로 고발된 사람은 1만 4,000명이었다. 그러다가 1866년에는 1만 명, 1876년에는 7,000명, 1881년에는 6,000명으로 줄어들었다. 내가 얻은 최신 자료에 따르면 지금은 5,100명이라고 한다.

옳고 그름,
진실과 거짓을 질문하라

빈민 통계도 살펴보자. 1870년에는 빈민 수가 인구 1,000명당 47명이 넘었다. 최고 52명에 이를 때도 있었다. 하지만 그 이후로는 22명까지 감소했고, 다행히도 대도시는 빈민 수가 평균보다 훨씬 낮다. 평균 빈민 인구가 이전보다 절반 이하로 떨어진 것이다. 빈민 구호 평균 지출 금액이 800만 파운드인데, 빈민 인구가 이전 비율을 유지했다면 금액도 두 배인 1,600만 파운드에 이르렀을 것이다. 20년 전과 같은 세율로 세금을 내야 한다면, 범죄 관련 비용은 400만 파운드, 빈민 구제 비용은 800만 파운드가 더 많아질 것이다.

더불어 중범죄 비율도 눈에 띄게 감소세를 보이고 있다. 1864년에 끝나는 5년 징역형을 선고받은 사람은 연평균 2,800명이다. 그 수는 지속적으로 떨어져 지난해에는 인구가 증가했음에도 불구하고 이전보다 4분의 1 줄어든 729명이 되었다. 덕분에 교도소 여덟 곳이 불필요해져 다른 용도로 쓰이고 있다.

범죄와 무지의 관계가 꽤 밀접하다는 사실을 보여주는 자료도 있다. 내가 얻은 자료에 따르면 징역형을 받은 사람 15만 7,000명 중 단 5,000명만 읽고 쓰기를 할 줄 알고, 이른바 정식 교육을 받은 사람은 250명에 불과하다.

나는 이것을 단순히 돈의 문제로만 보고 싶지는 않다. 비용 때문에 교육을 반대하는 사람들에게 무엇이 문제인지 보여주고 싶을 뿐이다.

물론 다양한 비용이 마련되어야 하고 여러 환경도 고려해

야 한다. 이 통계들이 흥미롭고 만족스럽지만 과학적인 엄밀
성은 떨어질 수 있다는 점을 나도 잘 알고 있다.

영국에서는 고의적인 악의나 거부할 수 없는 유혹 때문에
범죄가 발생하는 경우는 아주 드물다. 범죄의 원인은 대부분
음주나 무지다. 아이들은 학교에서 옳고 그름을 배우고 청결
과 질서를 습관화할 수 있다. 게다가 학교에 있으면 그 시간
에 거리를 배회하며 범죄자나 부랑아에게서 나쁜 짓을 배우
지 않을 수도 있다. 이것이 바로 교육을 통해 얻을 수 있는 좋
은 결과다.

빈민과 범죄자 수가 줄어들고, 특히 청소년 범죄가 줄어들
면서 빈민 구제 세금이 줄어들고 교도소가 사라지는 것을 확
인하면서 교육 효과가 얼마나 대단한지 우리는 새삼 느끼기
시작했다.

하지만 현재 최선의 교육 시스템을 구축하고 있는지는 의
구심이 든다. 인생을 살아가면서 우리가 던져야 할 질문은
크게 세 가지다. 옳은가, 그른가? 진실인가, 거짓인가? 아름
다운가, 추한가? 우리가 실행하는 교육은 이 질문들의 답을
찾는 데 도움을 주어야 한다.

읽기와 쓰기, 산수와 문법이 교육을 이루는 전부가 아니
다. 마치 나이프와 포크, 스푼이 식사의 전부가 아니듯 말이

다. 믿음의 조상인 아브라함과 이삭, 야곱도 문맹이었고 식사의 세 가지 도구를 사용하는 법도 전혀 몰랐다.

교육의 목표는
'사람'을 만드는 것

나는 감히 고전 교육을 공격했다며 비난을 받을 때가 많았다. 하지만 사실은 전혀 그렇지 않다. 고전은 교육에서 매우 중요한 요소다. 고전을 과소평가하거나 무시하는 일은 있을 수 없지만, 그것이 교육의 전부라고 말할 수는 없다. 영국 하원 의원 찰스 벅스턴(Charles Buxton)도 "우리가 하는 교육은 2,000년 전에 죽은 사람들이 썼던 말을 배우는 것에 지나지 않다"고 지적했다. 다른 과목에 신경 쓰지 않는 것은, 고대 로마 정치가 키케로(Cicero)가 비유한 것처럼, 오른쪽만 보고 왼쪽은 보지 않는 것이다. 더군다나 고전 교육은 심지어 진짜 고전적(classical)이지도 않다. 문법 교육에만 치중하다 보니 고전 작가들이 보여주는 인문학적 감각은 놓치고 있다.

문법이나 산수를 가르치는 건 쉬운 일이다. 에머슨도 이렇게 말했다. "그렇다, 문법이나 산수를 가르치는 건 쉽다. 하지만 어린아이들에게 활기를 불어넣고, 희망을 품게 하고, 열정이 타오르게 하고, 새로운 생각과 확고한 행동으로 실패를 극복하게 하는 일은 쉽지 않다. 이는 매우 신성한 일이다."

교육의 목표는 변호사나 성직자, 군인이나 교사, 농부나 장인을 만드는 것이 아니라 '사람'을 만드는 것이다. 밀턴은 다음과 같이 말했다. "온전하고 훌륭한 교육이야말로 한 사람을 사적으로나 공적으로나 평시에나 전시에나 적합하고 능숙하고 관대하게 모든 업무를 수행할 사람으로 만들 수 있다."

철학자들은 사실의 문제는 항상 언어적 사유로 해결될 수 있다고 생각했다. 플루타르코스는 '닭이 먼저냐, 달걀이 먼저냐'라는 질문에 흥미로운 논의를 제시했다. 먼저 닭이 먼저라는 대답을 내놓았는데, 그 이유는 사람들이 '닭의 알'이라는 말은 해도 '알의 닭'이라는 말은 하지 않는다는 것이다.

우리 아이들이 다음과 같은 능력을 모른 채 자라도록 내버려둬서는 안 된다.

그들은 섬세한 능력을 알지 못하지만
그 능력을 가진 예술가의 눈에는
바위와 나무, 호수와 언덕이
온통 신성한 은혜로 가득하다.   _존 휘티어

제프리스도 이렇게 말했다. "만약 여러 책에서 위대한 사상을 발견하고자 한다면 실망할 것이다. 위대한 사상은 강과 바다, 산과 숲, 햇빛과 바람 속에 머물러 있기 때문이다." 하지만 불행히도 우리는 강과 바다, 숲과 햇빛과 신선한 공기를 마음껏 접하기 어렵다. 물론 책 속에도 사상은 존재한다. 그런데 우리가 올바른 판단력을 가질 때 비로소 그 사상도 유용하다. 언어는 지극히 불완전한 표현 수단일 뿐이다. 모든 아이가 성숙한 어른으로 자라나는 것은 아니다. 그런 의미에서 산수의 진리도 교육에서 신중하게 다뤄야 한다.

독서와 함께해야 할
'사색과 토론'

학교를 졸업하고 대다수 사람들이 혼자서 체계적인 자기계발을 수행하지 못하는 것은 학교에서 훈련을 받지 않았기 때문이다. 우리는 살아가면서 평생 무언가를 배운다. 그런데 여기서 질문해야 할 바는 우리가 보는 신문이나 소설에서 되는대로 단편적인 지식을 얻을 것이냐, 아니면 이른바 자기 훈련과 교육이라고 부를 만한 것을 수행할 것이냐다.

나의 또 다른 책에 영감을 준 헉슬리(Huxley) 교수의 견해를 여기서도 인용하고자 한다.

"교육은 15~16세 아이가 고전 작가들의 작품에서 비롯된 탁월한 문학적 감수성을 가지고 모국어를 수월하고 정확하게 읽고 쓸 수 있게 해야 한다. 자기 나라의 역사와 법률 상식을 가르치고, 기초적인 물리학, 심리학, 수학, 기하학 지식도 교육해야 한다. 규칙보다는 실례를 통해 논리에 관한 지식을 얻게 해야 한다. 음악과 미술은 공부라기보다는 놀이로 받아들이도록 해야 한다."

이렇게 해서 얻는 지식은 매우 흥미롭다. 많은 사람이 위대한 해부학자 존 헌터(John Hunter)의 말에 공감한다. "어릴 때 나는 구름과 풀에 대해 알고 싶었고, 왜 가을에 잎사귀 색깔이 변하는지 알고 싶었다. 나는 개미, 벌, 새, 올챙이, 유충을 관찰했다. 아무도 모르거나 누구도 관심이 없는 것에 대해 물어보면서 사람들을 괴롭혔다."

로크는 교육에 관한 논문에서 다음과 같이 말했다. "책과 관련해 이 한 가지를 말하고자 한다. 나는 책을 읽는 것이 공부의 주된 부분이라고 생각하지는 않는다. 지식을 익히는 데는 독서 말고도 다른 두 가지 방법이 더 있다. 바로 사색과 토론이다. 내 생각에 독서는 단순히 잡다한 재료를 모으는 것에 불과하다. 그중 상당량이 쓸모없는 것들이다. 사색은 이

재료들을 엄선한 뒤 목재로 틀을 짜고 석재를 반듯하게 잘라 쌓아 올리면서 건물을 짓는 것에 비유할 수 있다. 친구와 토론하는 것은 그 건물을 살펴보면서 방 안을 거닐고, 각 부분이 균형과 조화를 이루는지 검토하고, 작업물이 견고한지 결함은 없는지 조사하고, 잘못된 것을 바로잡을 최선의 방법을 찾아내는 것이다. 토론은 진리를 발견하고 그것을 마음에 새기는 데 독서와 사색만큼이나 도움이 된다."

7장

자기계발

배움에의 갈망으로
빛나는 삶이어야

우리는 스스로를 키우는 농부다.

우리가 스스로 씨를 뿌리고 무성하게 자란다면

위대한 미래를 위한 보물이 될 것이다.

자신만의 능력을
조화롭게 발전시킬 것

교육이란 우리가 가진 모든 능력을 조화롭게 발전시키는 일이다. 교육은 가정에서 시작해 학교로 이어지는데, 여기가 끝이 아니다. 우리가 원하든 원하지 않든 교육은 평생 계속된다. 나중에 인생을 돌아보면서 우리가 배운 것이 현명하게 선택한 결과인지, 짚이는 대로 선택한 결과인지 스스로 묻게 된다. 영국의 역사학자 에드워드 기번(Edward Gibbon)은 "모든 사람은 두 가지 종류의 교육을 받는다. 하나는 다른 사람에게 배우는 교육이고, 또 하나는 스스로 배우는 교육인데, 후자가 더 중요하다"고 말했다.

스스로 찾아서 공부하는 것이 다른 사람에게 배우는 것보다 훨씬 더 유용하다. 로크는 이렇게 말했다. "교사의 훈련과 규율 아래 있으면서 지식의 세계를 확장하거나 탁월한 학문적 성과를 남긴 사람은 아무도 없다."

사람은 마음을 깨끗이 비운 진공 상태로 둘 수 없다. 선이나 악으로 채울 마음의 준비를 할 수 있을 뿐이다.

학교에 다닐 때 스스로 두각을 드러내지 못했다고 해서 의기소침할 필요는 없다. 위인들도 어린 시절부터 꼭 원숙했던 건 아니다. 최선을 다해 애쓰지 않았다면 낙심할 것까지는 아니지만 부끄러운 마음은 가져야 한다. 최선을 다했다면 기다리기만 하면 된다. 학창 시절에는 별 볼일 없었지만 졸업 후에 크게 성공한 사람들이 정말 많다. 웰링턴이나 나폴레옹도 어릴 때는 둔한 아이였고, 아이작 뉴턴, 딘 스위프트, 클라이브, 월터 스콧, 셰리든, 번즈 등 다른 걸출한 인물들도 마찬가지였다.

학교에서 뛰어난 우등생이 아닌 사람이 사회에 나와 성공하지 못하리라는 법은 없다.

천재는 '무한히 애쓰는 능력을 가진 사람'이라고 표현한 말은 진리에 가깝다. 릴리는 "천성이 제 역할을 하지 않으면 아무리 노력해도 소용없다. 하지만 노력하지 않으면 천성도 제 역할을 하지 못한다"고 정확하게 지적했다.

반대로 똑똑하고 영리한 아이들이 건강이 안 좋거나 게으르거나 성격에 문제가 있어 사회에 나와서 실패하는 경우도 많다. 괴테가 말했듯이, "두 송이 꽃을 피우지만 아무 열매도 맺지 못하는 식물처럼" 그 아이들은 마차를 몰거나, 호주에서 양털을 깎거나, 생계를 위해 글을 쓰는 사람으로 전락하고 만다. 반면 남들보다는 조금 느리지만 근면하고 성품이 훌륭한 아이들은 꾸준히 성장해 명예로운 자리에 서고 자신의 이름을 날릴 뿐 아니라 나라에 이로운 일을 해낸다.

정당한 배움을 외면하는 것에 부끄러워해야

가끔 교육의 가치에 의문을 제기하는 사람들도 있다. 아놀드 박사는 저서 『기독교도의 삶(Christian Life)』에서 다음과 같이 이야기했다. "무지와 순수함을 혼동해 사용하면서 스스로 위안을 삼는 사람들이 많다. 하지만 인간에게서 지식을 빼앗아간다면 그는 순수한 아기가 되는 것이 아니라 야만적인 짐승이 된다. 그것도 가장 흉포하고 사악한 짐승으로 돌아간다."

그가 다른 곳에서도 강조했듯이, 사람은 인생의 안내자가될 교육을 무시하면 욕정의 노예가 되고 어린아이의 무지와어른의 악습만 남게 된다.

학교에서 처음부터 교육을 잘 받은 사람 중에는 배움을멈추는 사람이 없다. '밥벌이'를 위해서만 공부하는 사람은 교육의 가치를 너무 하찮게 본 것이다.

솔로몬은 「잠언」에서 지혜로운 교육의 목적을 다음과 같이 언급했다.

이는 지혜와 훈계를 알게 하며
명철의 말씀을 깨닫게 하며
지혜롭게, 공의롭게, 정의롭게, 정직하게
행할 일에 대하여 훈계를 받게 하며
어리석은 자를 슬기롭게 하며
젊은 자에게 지식과 근신함을 주기 위한 것이니

미국의 시인이자 사상가 헨리 데이비드 소로(Henry David Thoreau)는 이렇게 말했다. "사람들은 은화 한 닢을 주우러 가던 길을 멈춘다. 그런데 여기 세월이 지나도 가치가 변하지 않는 금괴만큼 귀중한 고대 현자들의 이야기가 있다."

'청년에게 지혜가 있고 노인에게 힘이 있다면 좋을 텐데'라는 애석한 프랑스 속담도 있다. 청년에게는 지혜를, 노인에게는 힘을 주는 교육이 현명하다. 프랭클린은 이렇게 말했다. "경험이란 학비가 비싼 학교지만, 어리석은 사람들은 거기서 아무것도 배우지 못한다."

인생에서 출발을 잘하면 이미 절반은 승리한 싸움이다.

마땅히 행할 길을 아이에게 가르치라.
그리하면 늙어도 그것을 떠나지 아니하리라.

시작을 잘해야 앞으로 갈 길이 점점 더 쉬워질 것이다. 시작을 잘못하면 다시 돌아오기가 어려워진다. 배우는 것도 어렵지만 이미 배운 걸 일부러 잊는 건 더 힘든 일이다.

책, 사람, 사상, 제도에 녹아 있는 좋은 내용을 마음에 새기도록 노력하라. 우리는 다른 사람보다 아는 것이 적다고 부끄러워할 필요는 없지만, 누구나 배울 수 있는 것을 배우지 않은 것에는 부끄러워해야 한다.

교육은 100배 열매를 맺도록
씨 뿌리는 것

교육은 단순히 언어를 공부하고 수많은 사실을 배우는 활동이 아니다. 교육은 학습보다 차원이 높은, 전혀 다른 어떤 것이다. 학습이 미래에 사용할 것을 비축해두는 것이라면, 교육은 30배, 60배, 100배의 열매를 맺도록 씨를 뿌리는 것이다.

지혜가 제일이니 지혜를 얻으라.
네가 얻은 모든 것을 가지고 명철을 얻을지니라.　_「잠언」

지식이 지혜보다 열등하다는 사실은 인정하지만, 가끔은 지식이 부당한 대우를 받는 것도 사실이다. 예컨대 우리는 이런 종류의 말을 듣는다.

지식은 아주 많이 배운 걸 자랑하고
겸손은 더 이상 모른다고 겸손하다.

그러나 꼭 그렇지만은 않다. 가장 많이 배운 사람은 자신이 아는 게 얼마나 많은지 가장 잘 안다.

버틀러는 다음과 같이 말했다. "심도 있게 연구하고 호기심을 가지고 탐구하는 사람은 자신이 하는 일에서 실수하지 않도록 주의해야 한다. 그의 학문적 발견이 실증이나 실천에 동기를 부여해 미덕과 종교에 공헌하거나 삶의 불행을 덜어주고 만족감을 높여준다면 가장 유용하게 활용된 것이다. 하지만 그저 대상의 본질을 밝히는 것이라면 단순히 오락이나 기분 전환 정도에 지나지 않는다."

지식을 정당하게 평가하지 않은 표현이 여기도 있다.

지식은 지혜를 쌓기 위한
거칠고 무익한 재료에 불과하다.

재료를 무분별하게 선택하는 사람은 실력 없는 건축가일
뿐이고, 그 누구도 사물의 본질이 무엇인지 밝혀낼 수 없다.
예전에는 실제로 별로 쓸모없어 보이던 지식이 나중에는 매
우 유용해지기도 한다.

세상에
하찮은 것은 없다

지식이 힘이다. 킹즐리는 다음과 같이 언급했다. "전신(電
信)에 관한 지식은 시간을 절약해주고, 글쓰기에 관한 지식
은 말[言]과 이동 시간을 절약해주며, 가정경제에 관한 지식
은 가계 수입을 늘려주고, 위생에 관한 지식은 건강과 생활
을 지켜주며, 지성의 법칙에 관한 지식은 두뇌 소진을 막아
준다. 그렇다면 영성의 법칙에 관한 지식이 구하지 못할 것

이 무엇이 있겠는가?"

영국의 철학자 허버트 스펜서(Herbert Spencer)도 다음과 같이 주장했다. "직접적인 자기 보존, 즉 생명과 건강을 유지하는 데 가장 중요한 지식은 과학이다. 이른바 생계유지라고 부르는 간접적인 자기 보존에 가장 중요한 지식도 과학이다. 부모의 역할을 제대로 하도록 올바르게 안내하는 것도 과학이다. 시민들이 과거와 현재의 국민 생활을 이해하고 자신의 행동을 단속하는 데 꼭 필요한 열쇠도 과학이다. 모든 형태의 예술을 완벽하게 창조하고 최고로 즐기는 데 필요한 것도 과학이다. 지적·도덕적·종교적인 훈련을 수행하는 데 가장 효과적인 학문도 역시 과학이다."

피치(Fitch) 박사는 이렇게 말했다. "지난 세월을 돌이켜보면 학교에서 배운 역사 지식, 수학 공식, 문법, 시 구절, 과학 상식이 예상치도 못한 방식으로 계속 생각났고 기대한 것보다도 훨씬 유용했다. 이러한 지식들이 내가 읽는 책이나 주변에서 일어나는 역사적 사건을 이해하는 데 도움이 되었고, 세상을 좀 더 넓고 흥미롭게 보도록 만들어주었다."

영국의 성직자 딘 스탠리(Dean Stanley)의 저서 『인생(Life)』에는 이런 글이 나온다. "진리를 향한 순수한 사랑은 얼마나 고귀하고 유익한가! 진리가 얼마나 가치 있는지 단번에 알

아보는 사람은 없다. 진리를 사랑하는 마음으로 그것을 알아
내기 위해 일편단심으로 몰두해온 과학자들의 발견 덕분에
이 세상이 얼마나 풍요로워졌는지는 이번 세대, 아니 다음
세대에도 깨닫지 못할 수 있다.”

솔로몬은 「잠언」에서 이렇게 말했다.

지혜 있는 자는 듣고 학식이 더할 것이요.

어떤 지식이든 쓸모가 있으므로 적어도 한 번쯤은 눈여겨
볼 가치가 있다. 세상에 하찮은 것은 없다. 오직 하찮은 마음
만 있을 뿐.

"인간의 두뇌는
사고의 전당이자 영혼의 궁전"

영국의 정치가 비콘스필드 경(Lord Beaconsfield)은 다음과 같
은 이야기를 들려준다. “지식이란 야곱의 꿈에 나타난 신비
로운 사다리와 같다. 사다리는 지상에 세워져 있고 사다리를
타고 올라가면 천상에 이른다. 전설의 시대에 과학, 철학, 문
학의 사슬을 쥐고 있던 위대한 작가들은 이 신성한 사다리를

오르내리면서 땅과 하늘을 연결하는 천사와도 같았다."

하지만 안타깝게도 천상의 진리를 발견한 작가들이 사람들에게 많이 알려져 있지는 않다. 안타까운 이유는 그들은 신경 쓰지 않겠지만, 우리가 그들을 감사하는 마음으로 기억하고 싶기 때문이다. 위대한 발견자들은 자기 자신을 위하거나 명예를 위해 작업을 하지 않았다.

지칠 줄 모르는 열정으로 진리를 추구했고
아무런 즐거움이 없는 길로 기꺼이 걸어갔다.
칭찬이나 비난에 대해 전혀 아랑곳하지 않고
오로지 신에게 모든 걸 맡길 뿐이었다.

어느 시인 하나가 그들의 이름을
영원히 기억될 노래나 이야기에 넣지 않았어도
그들의 이름은 천상에 새겨질 것이고
그들의 화관은 영광의 면류관이 될 것이다.   _드와트

공부에 집중하고 몰입하는 것은 인생을 즐기는 데 절대적으로 필요한 일이다. 자신이 하고 있는 일에 마음을 절반만 쓴다면 노력은 두 배로 들어갈 것이다.

지적인 즐거움이 인간의 행복에 별 도움이 되지 못한다고 생각하는 게 참으로 애석하다. 그리스어로 학교를 뜻하는 스콜레(schole)는 원래 여가나 휴식을 가리키는 말이었다. J. 몰리(J. Morley)의 말처럼 "행복과 의무를 위해 우리는 지혜로운 생각과 올바른 감정을 가지고 살아가는 것"이 중요하다.

영국의 시인 바이런은 인간의 두뇌를 이렇게 묘사했다.

인간의 두뇌는 사고의 전당이자 영혼의 궁전이어야 한다.

또 다른 영국의 시인 존 던(John Donne)은 다음과 같이 노래했다.

우리는 스스로를 키우는 농부다.
우리가 스스로 씨를 뿌리고 무성하게 자란다면
위대한 미래를 위한 보물이 될 것이다.

인간은 우주보다
고귀한 존재

나는 실증주의자들의 신조에 대부분 동의하지 않았지만,

그래도 그들은 중요한 좌우명을 가지고 있다. "사랑이 원칙이고, 질서가 기본이며, 진보는 목적이다."

에머슨은 이렇게 말했다. "조상의 전통에 따라 신을 숭배하는 사람들은 많지만, 자신의 능력을 최대한 활용해야 한다는 의무감까지는 갖지 못했다."

사람은 자기 자신을 기준으로 모든 것을 판단한다. 산의 높이와 바다의 깊이도 사람 발의 길이인 '피트(feet)'를 단위로 잰다. 산수 체계도 사람의 손가락 개수에서 시작되었다. 우리 인간은 얼마나 가련한 존재이며 또 얼마나 위대한 존재인가! 인간은 무엇인가? 그리고 인간은 무엇이 아닌가?

프랑스의 철학자 파스칼(Pascal)은 이렇게 지적했다. "자연 속에서 인간은 한낱 연약한 갈대다. 하지만 생각하는 갈대다. 우주는 인간을 무너뜨리기 위해 굳이 무장할 필요도 없다. 한 줄기의 숨결, 한 방울의 물로도 충분히 인간을 파괴할수 있다. 하지만 우주가 인간을 무너뜨린다고 해도 여전히 인간은 우주보다 고귀하다. 인간은 자기 자신이 죽는다는 사실을 알기 때문이다. 우주는 인간을 압도할 수는 있어도 우주 자신이 가진 힘을 스스로 알지 못한다."

인간을 완벽하게 만드는 필수 요소는 무엇인가? 그것은 냉철한 머리, 따뜻한 가슴, 올바른 판단력, 건강한 육체다. 냉철한 머리가 없으면 성급한 결론을 내리는 경향이 있고, 따뜻한 가슴이 없으면 이기적으로 변하기 쉽다. 올바른 판단력이 없으면 아무리 의도가 좋아도 선보다는 악을 행할 가능성이 있고, 건강한 육체가 없으면 아무 일도 할 수 없다.

우리가 동료를 칭찬할 때 보통 완벽한 신사라고 말한다. 그렇다면 신사란 무엇인가? 영국의 소설가 윌리엄 새커리(William Thackeray)는 신사에 대해 다음과 같이 말했다. "신사는 정직하고 온화하고 용감하고 현명한 사람인데, 이 모든 특징을 가장 우아한 방식으로 드러내야 한다." 그는 또 이렇게 덧붙였다. "신사라고 불릴 만한 사람은 생각보다 별로 없다."

왕은 작위를 줄 수 있지만 신사를 만들어줄 수는 없다. 그러나 우리는 마음만 먹으면 누구나 신사가 될 수 있다. 부주교 파라(Farrar)는 이렇게 말했다. "가장 완벽에 가까운 사람의 신체는 절제, 금주, 순결로 건강을 유지하고, 그의 정신은 자신의 경험과 성현들의 생각을 담은 풍부한 지혜의 창고이며, 그의 상상력은 순수하고 아름다운 작품들이 가득한 화랑이고, 그의 양심은 자기 자신과, 신과, 세상의 모든 것과 평화를 이루며, 그의 영혼은 성령이 머물기에 적합한 거룩한 성전과도 같다."

모든 배움의 길이
왕도다

영국의 철학자이자 경제학자인 존 스튜어트 밀(John Stuart Mill)은 자기 자신을 교육하는 진정한 방법에 관해 다음과 같이 말했다. "자기 자신을 교육하는 진정한 방법은 모든 것에 질문을 던지는 것이다. 어떤 어려움에도 결코 굴하지 말고 자신의 이론이나 다른 사람의 이론을 받아들이기 전에 반드시 날카로운 비판 정신을 가지고 엄격하고 철저하게 조사해야 한다. 생각의 오류나 모순이나 혼란을 그대로 두지 말고, 무엇보다도 어떤 단어라도 사용하기 전에 그 뜻을 제대로 파악해야 하고, 어떤 명제라도 찬성하기 전에 그 의미를 제대로 이해해야 한다. 이것이 우리가 배워야 할 교훈이다." 그리고 이것은 우리 모두가 배울 수 있는 교훈이기도 하다.

교육의 초기 단계에서는 모든 사람이 동등하다. 그 사람의 지위나 재산이 특별히 이점이 되지 않는다. 영국의 문헌학자이자 법률가인 윌리엄 존스 경(Sir William Jones)은 자신이 농부의 아들로 태어났지만 군주의 교육을 받았다고 말했다. 배움에는 왕도가 없다는 옛말이 있지만, 어쩌면 모든 배움의 길이 왕도라는 말이 더 맞을지도 모른다. 배움이 주는 보상이

얼마나 대단한가! 교육은 세계의 역사를 밝혔고 인류를 진
보의 길로 나아가게 만들었다. 교육은 우리가 세계의 문학을
감상할 수 있게 하고, 자연이라는 책을 펼쳐 어디서든 흥미
로운 원천을 발견하게 한다.

우리는 이런 말은 듣기 어려울지도 모른다.

그는 어느 면에서 보나 진실한 사람이다.
이런 사람은 다시는 찾아볼 수 없다.　　　　　_셰익스피어

하지만 이런 말은 들을 수 있다.

그는 하루하루를 아름답게 살아간 사람이다.

우리 안에는 배움을 향한 끝없는 갈망이 있지 않은가?

만약 교육이 성공적이지 못하다면 이것은 교육 자체의 잘
못이 아니라 교육을 받은 사람의 잘못인 경우가 많다. 이와
관련해 베이컨은 다음과 같이 말했다. "사람들이 배움과 지
식을 갈망하는 것은 타고난 호기심과 탐구욕 때문이기도 하
고, 다양성과 기쁨을 즐기고 싶은 마음 때문이기도 하며, 지
적 허영심과 명예 때문이기도 하다. 하지만 이성이라는 선물

을 제대로 사용하는 일을 진지하게 고민하는 경우는 드물다. 이는 마치 학문을 연구하느라 지쳐 쉴 만한 소파를 찾는 것과 같다. 이리저리 방황하던 정신이 좋은 풍경을 보려고 테라스를 찾는 것과 같다. 자존심이 강한 사람이 의지할 만한 탑이나, 전투를 치를 만한 요새나, 물건을 팔아 이윤을 남길 만한 상점을 찾는 것과 같다. 하지만 조물주의 영광과 인간의 구원을 위해 지식을 쌓는 보고(寶庫)를 찾는 경우는 없다."

8장

독서

독서가 행복한 삶을
완성한다

누구나 좋은 책을 한 시간 동안 읽으면

한 시간 전보다 더 나은 존재가 되고 더 행복한 사람이 될 것이다.

책을 읽은 기억은 우리가 언제든 불러낼 수 있는

밝고 행복한 생각의 창고로 남을 것이다.

나 자신을
뛰어넘게 하는 '책'

인류에게 책이 가지는 의미는 개인에게 기억이 가지는 의미와 같다. 책에는 인간의 역사와 인류가 발견한 것들, 세대를 거치며 축적된 경험과 지식이 담겨 있다. 책은 자연의 신비로움과 아름다움을 보여준다. 우리가 어려움에 처했을 때 도움을 주고, 슬픔과 고통에 빠졌을 때 위로를 준다. 따분한 시간을 즐거운 시간으로 바꿔주고, 우리 정신에 여러 사상과 선하고 행복한 생각들을 채워주며, 우리 자신을 뛰어넘을 수 있게 해준다.

동양에서는 어느 두 남자 이야기가 전해져 내려온다. 한 남자는 왕이었는데 매일 밤 거지가 되는 꿈을 꾸었다. 다른 남자는 거지였는데 매일 밤 왕이 되어 궁전에서 사는 꿈을 꾸었다. 나는 왕이 거지보다 더 행복한 삶을 살았다고 확신할 수 없다. 상상은 때로 현실보다 더 생생하니까. 우리는 책을 읽을 때 원한다면 왕이 되어 궁전에서 살 수도 있을 뿐만 아니라, 수고와 돈을 들이지 않고도 산이나 바다는 물론 지구에서 가장 아름다운 곳은 어디나 여행할 수 있다.

영국의 극작가 존 플레처(John Fletcher)는 다음과 같이 말했다.

내가 홀로 즐기도록 내버려두라.
나의 가장 좋은 친구인 책이 있는 곳은
내게는 영광스러운 궁전이다.
나는 거기서 옛 현자나 철학자와 대화를 나눈다.
그리고 가끔은 변화를 주기 위해
왕이나 황제와 상의하면서 그들의 조언을 따져본다.
만약 그들이 부정한 방법으로 승리를 얻었다면 엄정하게 꾸짖고
그들에 대한 잘못된 환상을 머릿속에서 지워버린다.
불확실한 허영을 붙잡으려고 변함없는 즐거움을 놓칠 수 있을까?
아니다. 부를 쌓는 것은 그대들이 바라는 일이고
지식을 쌓는 것이 내가 바라는 일이다.

가난뱅이도
행복하게 만드는 '독서'

책은 흔히 친구에 비유된다. 그런데 죽음이 살아 있는 친

구들 중에 훌륭하고 총명한 사람을 앗아갈 때가 있다. 하지만 책에서는 시간이 나쁜 것을 죽이고 좋은 것을 정화시켜놓는다.

영국의 작가 에드워드 불워-리턴(Edward Bulwer-Lytton)도 이렇게 말했다.

> 현자도 책 밖으로 나오면 한 줌 흙에 지나지 않다.
> 책 안에 있을 때 비로소 무덤에서 나와 천사가 된다.
> 우리가 가는 길을 함께 걸으며 우리를 보호해준다.
> 어떤 책은 불멸한다고 말한다. 그 책들은 살아 있을까?
> 만약 그렇다면 시간이 그 책들을 정화시켰다.
> 책 안에서는 최고의 악인들이 죽음을 맞이한다.
> 신은 더 이상 악한 것이 남아 있지 않게 한다.
> 악한 것은 이제 완전히 사라져버린다.
> 마치 먼지가 순수한 영혼을 떠나듯.

세상이 줄 수 있는 모든 것을 얻은 사람들도 진정한 행복은 책에서 얻었다고 말한다. 영국의 교육가 로저 애스컴(Roger Ascham)은 저서 『교사론(The Schoolmaster)』에서 제인 그레이 부인을 마지막으로 방문했을 때 경험한 감동적인 이야기를 들려준다. 애스컴이 집을 찾아갔을 때 제인 그레인은 창가에 앉아 소크라테스의 죽음을 기록한 플라톤의 유려한 글을 읽고 있었다. 그녀의 아버지와 어머니는 사냥터에서 사냥하는 중이라 창밖에서는 사냥개가 짖는 소리가 크게 났고 부모님 목소리도 들려왔다. 애스컴은 그녀에게 왜 부모님과 함께 사냥하러 가지 않았느냐고 물었다. 그랬더니 그녀는 이렇게 대답했다. "부모님이 사냥터에서 얻는 즐거움은 제가 플라톤을 읽을 때 얻는 즐거움에 비하면 그림자에 지나지 않거든요."

영국의 역사가이자 정치가인 토머스 매콜리(Thomas Macaulay)는 부와 명예뿐 아니라 지위와 권력도 가지고 있었지만 책을 읽는 시간이 인생에서 가장 행복했다고 자서전에서 밝혔다. 어느 소녀에게 보낸 다정한 편지에서 매콜리는 이렇게 적었다.

"예쁜 편지를 보내줘서 고맙구나. 나의 작은 숙녀를 행복하게 만들어주는 게 내 큰 기쁨이란다. 네가 책을 좋아하는 모습을 보는 것만큼 나에게는 흐뭇한 일도 없단다. 네가 나만큼 나이가 들면 타르트나 케이크, 장난감이나 오락이나 어떤 구경거리보다 책이 가장 재미있다는 사실을 알게 될 거야. 만약 누군가 나를 왕으로 만들어주고 화려한 궁전과 정원뿐 아니라 근사한 저녁 식사와 와인과 마차와 멋진 옷과 수많은 하인을 준다고 해도 책을 읽을 수 없다면 나는 왕이 되지 않을 거란다. 나는 독서를 좋아하지 않는 왕보다는 책이 가득한 다락방에서 사는 가난뱅이가 되는 게 더 좋단다."

책은 실제로 우리를 황홀한 사유의 궁전으로 인도한다. 장 파울 리히터는 왕좌에 앉아 있을 때보다 파르나소스산*에서 있을 때 세상을 더 넓게 볼 수 있다고 말했다. 물에 비친 자연 풍경이 실제보다 더 아름답듯이, 때로는 책이 실제 현실보다 더 생생한 생각을 전해주기도 한다. 영국의 작가 조지 맥도널드(George Macdonald)는 이렇게 말했다. "모든 거울은 마법의 거울이다. 평범한 방도 거울을 통해 보면 시 속에 나오는 방이 된다."

책도 친구처럼
신중히 선택해야

책에서 흥미를 느끼지 못한다고 해서 그것이 꼭 책 자체에 잘못이 있다고는 볼 수 없다. 책을 읽을 때도 나름의 독서 기술이 필요하다. 수동적인 독서는 아무 소용이 없다. 우리는 우리가 읽는 글이 무엇을 의미하는지 이해하려고 노력해

---

* 그리스 중부에 있는 산으로, 그리스신화에서 이 산은 예술을 관장하는 신 아폴론과 뮤즈가 살았다고 전해지며 '문예'를 상징하기도 한다.

야 한다. 사람들은 자신이 읽고 쓰는 방법을 안다고 생각하지만 제대로 글을 읽고 쓰는 사람은 많지 않다. 종이에 인쇄된 글자를 눈을 움직여 기계적으로 읽어나가는 것만으로 충분하지 않다. 묘사된 장면이나 언급되는 인물들을 인지하며 '상상의 미술관'에서 그려보기 위해 노력해야 한다.

애스컴은 이와 관련해 다음과 같이 말했다. "20년 동안 경험을 통해 아는 것보다 1년 동안 학습을 통해 아는 것이 더 많다. 경험은 사람을 현명하게 만들기보다 비참하게 만들지만, 학습은 우리에게 안전하게 가르친다. 경험을 통해 현명해지려면 그만큼 위험을 감수해야 한다. 수차례 난파를 경험한 뒤에 노련해진 선장은 불행하고, 몇 번의 파산을 경험한 뒤에 부자가 되지도 못하고 현명해지지도 못한 상인은 비참할 따름이다. 경험을 통해 얻는 지혜는 그만큼 치러야 할 대가가 만만치 않다. 우리는 오랫동안 헤매면서 지름길을 찾아내는 일에는 엄청난 고통이 따른다는 사실을 잘 알고 있다. 경험을 통해 현명해지려고 하는 사람은 기지가 생길지는 모르겠지만, 그것은 마치 달리기 선수가 한밤중에 아무것도 보이지 않는 곳에서 자신의 코스를 이탈해 전속력으로 달리는 것과 같다. 학습하지 않고 경험만으로 행복하거나 지혜롭게 사는 사람은 찾아보기 힘들다. 나이가 많든 적든 배우지 않고 오랜 경험만으로 약간의 지혜를 얻고 적당히 행복한 사람들이 이전에 어떻게 살아왔는지 돌이켜보라. 그들이 저지른 실수와 모면한 위험(모험을 떠난 사람 20명 중에 살아남은 사람은 단 한 명이다)을 고려해, 당신의 자녀도 이처럼 경험만으로 지혜와 행복을 얻게 하고 싶은지 자문해보라."

책을 선택할 때도 친구를 선택하는 것처럼 신중해야 한다. 우리가 하는 행동에 책임을 지듯 우리가 읽는 책에도 책임을 져야 한다. 밀턴은 좋은 책이란 "영원히 보관하기 위해 썩지 않게 미라로 만들어놓아야 할 위대한 정신의 귀한 혈액"이라고 표현했다.

러스킨은 여성의 교육에 관해 이렇게 말했다. "여성들이 도서관에서 삼류 소설만 한가득 들고 나오는 일은 없어야 한다."

독서는 나를 더
행복한 존재로 만드는 것

책에서 단순한 재미만이 아니라 무언가 많은 것을 얻으려면 자기계발을 위해 책을 읽어야 한다. 설탕이 음식에 중요한 재료인 것처럼, 가볍고 재미있는 책도 아이들에게는 유

익하다. 물론 그렇다고 매일 설탕만 먹고 살 수는 없는 노릇
이다.

게다가 도무지 책이라고 볼 수 없는, 읽으면 시간만 낭비
되는 책들도 있다. 책의 내용이 너무 심각해 읽다 보면 독자
가 오염되지 않을 수 없다. 만약 그 책이 사람이었다면 문 밖
으로 차버렸을지도 모른다. 인생의 유혹과 위험을 경고하는
책이라 할지라도 우리를 악에 익숙하게 만드는 그 책 자체가
악이다.

다행히도 누가 읽더라도 유익한 책이 우리 주변에는 많다.
유익한 책이란 하는 일이나 직업에 도움을 주는 책만 가리키
는 것은 아니다. 물론 유익한 면이 있지만 이것이 책에서 얻
는 가장 좋은 것은 아니다. 좋은 책은 개인의 문제는 대수롭
지 않게 만들고 세상의 고통과 걱정을 잊게 만든다.

이러한 몰입의 시간을 방해하는 건 정말 잔인한 일이다.
해머턴은 이와 관련해 말했다.

"독자가 자신과는 다른 시대와 다른 문명에서 살았던 작
가의 책에 완전히 몰입한다고 생각해보자. 예컨대 플라톤의
저서 『소크라테스의 변명(Defence of Socrates)』을 읽으며 책에서
묘사한 광경을 눈앞에 보듯 상상한다고 해보자.

500명의 재판단, 정통 그리스식 건축물, 호기심 가득한 아

테네 시민들, 끔찍한 멜리티우스, 시기 질투하는 적들, 영원히 우리 기억에 남을 비통에 빠진 사람들, 중앙에는 여름 겨울 할 것 없이 늘 똑같이 남루한 옷을 걸친 초라한 행색의 인물이 서 있다. 얼굴은 참 볼품없었지만 누구도 흉내 낼 수 없는 용기와 침착함이 느껴졌다. 그는 단호한 목소리로 말했다. '그 사람은 내가 죽어야 한다고 믿는다.' 당신은 이제 소크라테스가 프리타네움에서 자기 자신에게 유죄를 선고하는 유명한 문장을 읽으려 한다. 만약 그 문장을 아무런 방해 없이 끝까지 읽는다면 지적인 노력의 대가로 고품격 즐거움을 맛보게 될 것이다."

누구나 좋은 책을 한 시간 동안 읽으면 한 시간 전보다 더 나은 존재가 되고 더 행복한 사람이 될 것이다. 책을 읽은 기억은 우리가 언제든 불러낼 수 있는 밝고 행복한 생각의 창고로 남을 것이다.

그들의 환영이 우리에게 나타난다.
우리보다 고결하지만 같은 피를 나눈 형제여
침상에서도 식탁에서도 우리에게
아름다운 모습과 선한 말을 보여준다.

9장

인간관계

좋은 인간관계보다
더한 축복은 없다

자신의 말에 대답해줄 사람이

자기 자신밖에 없는 사람은

가혹한 운명의 저주 아래

철저히 외로운 사람이다.

사랑은 진정한
가정의 생명

"모든 영국인의 집은 그의 성(城)이다"라는 말은 크나큰 자랑이지만, 사실은 더 나아가 집은 가정이 되어야 한다. 집을 성으로 만들려면 법적 권리가 필요하지만, 진정한 가정으로 만드는 건 그 집에 사는 사람에게 달려 있다.

'가정'을 이루는 것은 무엇일까? 사랑과 공감과 신뢰다. 어린 시절의 기억, 부모님의 사랑, 젊은 시절의 희망, 자매간의 자랑스러움, 형제간의 공감과 도움, 가족 간의 신뢰, 가족 모두의 소망과 관심과 슬픔이 가정을 이루고 성스럽게 만든다.

사랑이 없는 집은 성이나 궁궐은 될 수 있을지언정 가정은 될 수 없다. 사랑은 진정한 가정의 생명과도 같다. "영혼이 없는 육체를 사람이라고 할 수 없듯이, 사랑이 없는 집은 가정이라고 할 수 없다."

고난 받는 자는 그날이 다 험악하나

마음이 즐거운 자는 항상 잔치하느니라.
가산이 적어도 여호와를 경외하는 것이
크게 부하고 번뇌하는 것보다 나으니라.
채소를 먹으며 서로 사랑하는 것이
살진 소를 먹으며 서로 미워하는 것보다 나으니라.　_「잠언」

마른 떡 한 조각만 있고도 화목한 것이
제육이 집에 가득하고도 다투는 것보다 나으니라.　_「잠언」

우리가 가정을 소중하게 생각하는 것은 권력자나 국가의
독단적인 권력을 피할 요새라서가 아니라, 삶의 걱정과 근심
에서 벗어날 피난처이기 때문이다. 세상을 항해하다가 만나게
되는 폭풍우를 피할 만한 안식의 항구가 되어주기 때문이다.

고결한 감성과 탁월한 본성을
이끌어내는 '가정'

세상에서 제아무리 성공한 사람이라도 고통의 시간은 찾
아오고, 풍요와 번영이 꼭 행복과 평화를 보장해주는 것도
아니다.

인간은 에덴동산*에서조차도 혼자 살 수 있도록 만들어지지 않았다. 프랑스의 소설가 베르나르댕 드 생피에르(Bernardin de Saint-Pierre)는 "외로운 영혼은 아무리 천국에 있어도 행복하지 않다"고 말했다. 밖에서 일을 하더라도 마음은 가정에 두어야 한다. 우리는 늘 사람들과 어울려 살아가야 하는 것도 아니고 그렇다고 철저히 혼자가 되어야 하는 것도 아니다. 두 가지 모두 좋고, 둘 다 필요하다. 영국의 시인 알프레드 테니슨(Alfred Tennyson)의 시를 여기서 인용해보겠다.

복잡한 세상에 속하지도 않고 벗어나지도 않은
내가 사랑하는 정원 안에 꽃이 만발하다.
떠들썩한 도시에서는 장례식과 결혼식 소식을
알리는 종소리가 은은하게 들려온다.
이 어두운 나무 그늘 속에 앉아 있어도
교회 종소리가 바람을 타고 들려온다.
마을과 정원 사이에는 풀밭이 펼쳐져 있고
커다란 강이 도도히 흐른다.
배의 노를 느릿느릿 저으니
강의 물결이 게으른 백합을 흔들고

---

* 에덴동산은 『구약성경』「창세기」에 나오는 지상낙원이다. 최초의 인간인 아담과 이브가 에덴동산에서 함께 살았지만 선악과를 먹지 말라는 신의 명령을 거역하는 바람에 추방되고 만다.

짐을 실은 배는 교회 탑이 우뚝 서 있는
저 다리의 아치까지 흘러간다.

아름다운 자연은 우리에게 영원한 기쁨이지만, 마음속에
햇살이 없는 사람에게는 하늘의 햇살은 아무런 기쁨도 주지
못한다. 한 사람의 애착, 존경, 사랑의 감정은 가정에서 비롯
된다. 가정은 문명의 근본이자 기원이며, 무엇이든 최고의
것을 배울 수 있고 고결한 감성과 탁월한 본성을 이끌어낼
수 있는 진정한 학교다. 천사라고 해도 다른 사람들을 행복
하게 하는 일 말고 무엇을 더 할 수 있겠는가.

당신의 가정이 보잘것없고 초라하고 지루해도, 심지어 냉
담하고 마음에 별로 들지 않더라도, 당신의 자리와 당신의
의무가 바로 거기에 있다. 어려움이 클수록 보상은 풍성할
것이다.

걱정이나 부당함을 참고 견디는 것은 힘든 일을 하는 것
보다 더 어렵다. 이것은 돈이나 시간, 노력을 희생하는 것보
다 더 어려운 살아 있는 희생이다.

즐거움을 바라지 말고
먼저 즐겁게 해줘라

다른 사람을 불행에 빠뜨리는 걸 바라는 사람은 거의 없을 것이다. 적어도 이 책을 읽는 사람 중에는 없으리라 믿는다. 하지만 마음이 없어서가 아니라, 생각이나 요령이 부족해 불행을 초래하는 경우가 많다. 누구에게든 밝은 미소와 친절한 말, 따뜻한 환영을 베풀라. 당신에게 소중한 사람을 마음속으로만 사랑하는 것으로 충분치 않다. 그 사랑을 실제로 보여주어야 한다. 무지하고 무심하고 판단력이 부족해 가장 사랑하고 가장 도와주고 싶은 이들에게 상처를 주는 사람들이 많다.

격려의 말 몇 마디가 얼마나 도움이 되고 힘이 되는지 우리는 잘 알고 있다.

체스터필드 경은 다음과 같이 말했다. "사람들은 남을 사랑하는 법과 미워하는 법을 대체로 잘 모르는 것 같다. 잘못된 사랑을 하거나 맹목적으로 잘못을 눈감아줌으로써 사랑하는 사람들을 더 아프게 한다. 남을 미워하는 경우에는 때에 맞지 않게 흥분하거나 화를 내면서 스스로 상처를 입는다."

주변에 친구들이 있어도 삶이 외로울 때가 있다. 장 파울 리히터는 "우리는 뼈로 만들어진 철창 안에 갇혀 피부로 만든 커튼을 치고 서로 다른 섬처럼 살아간다"고 말했다.

우리는 친구들에 관해 아는 게 별로 없다. 심지어 가족들에 관해서도 잘 모른다! 실제로는 한 지붕 아래 사는 가족들 끼리도 서로 고립된 채 살아간다. 그들의 마음은 평행선을 그리다 보니 절대 한 점에서 만나는 일이 없다. 영국의 성직 자 존 키블(John Keble)은 이렇게 말했다.

우리에게 가장 다정하고 가장 가까운 사람들조차
우리가 왜 웃거나 한숨짓는지 이유를 다 알지 못한다.

우리는 날씨, 일, 소설, 정치, 건강, 이웃의 건강이나 결함 등 진정한 내면의 삶과는 상관없는 신변잡기를 이야기한다. 사 실 더 사소하고 덜 중요한 이야기를 더 많이 하는 것처럼 보인 다. 이야깃거리가 없는 사람이 말을 제일 많이 하는 것 같다.
대화에도 훌륭한 기술이 필요하다는 사실을 아는 사람이 많지 않다. 가족들이 진정으로 하나가 되려면 애정이나 선의 도 필요하지만 공감 능력이나 생각을 표현하고 받아들이는 능력도 필요하다. 사람들이 당신을 즐겁게 하지 못하면 당신 이 그들을 즐겁게 해주면 된다.

화내는 것은
스스로를 벌주는 일

마음에 있는 것을 바로 입으로 내뱉는 일을 자랑스러워하는 사람들이 간혹 있다. 당연히 말을 할 때는 진실하고 솔직해야 하지만 다른 능력들과 마찬가지로 대화 능력을 키우려면 어느 정도 공을 들여야 한다.

영국의 작가 한나 모어(Hannah More)의 말처럼 우리는 행복한 가정을 만들려면 많은 노력을 기울여야 한다.

넘치는 부로 축복하고 권력으로 영예롭게 하고
건강으로 보답하기를 우리의 하찮은 운명은 거절한다.
하늘은 모든 아첨과 모든 칭찬을 넘어
참을 수 있는 사랑이라는 선물을 주셨다.

화를 잘 내는 사람은 다른 사람이 아닌 자기 자신에게 벌을 주고 있는 것이다. 영국의 시인 알렉산더 포프(Alexander Pope)도 이렇게 말했다.

늘 다른 사람을 괴롭히니 늘 스스로 괴롭다.
그의 유일한 즐거움은 자신에게 화를 내는 것이다.

제대로 즐기지 못하는 사람은 결코 행복할 수도 없다. 그러면 당연힌 다른 사람도 불행하게 만든다. 주변 사람들을 행복하게 만드는 데는 대단한 노력이 필요한 게 아니다. 물론 그저 그런 호의만으로는 부족하다. 나름의 요령과 공부와 연습이 필요하다. 무엇이든 잘하려면 좋든 나쁘든 연습해야 한다.

친절하고 호의적인 태도는 놀라운 효과를 보여줄 것이다. 옛말에도 '매너(태도)가 사람을 만든다'고 하지 않던가. 태도 때문에 성공한 사람도 많고, 역시 태도 때문에 실패한 사람도 많다. 한 나라의 총리는 내각 각료를 임명할 때 지식, 화술, 실력, 성격 등을 고려하지만, 타인과 잘 어울릴 수 있는지 '태도'도 중요하게 본다.

지적은 개인적으로
칭찬은 공개적으로

거칠게 행동하는 것이 강한 것은 아니다. 실제로는 그렇게 함으로써 나약함을 은폐하는 경우가 많다. 셰익스피어는 율리우스 카이사르를 묘사하면서 이렇게 말했다.

그의 삶은 완벽하고 조화를 이룬 덕분에

온 우주가 일어나 세상을 향해
"이 사람은 진정한 남자였다"라고 외친다.

영국의 작가인 허버트 맥스웰 경(Sir Herbert Maxwell)은 『메리디아나(Meridiana)』에서 다음과 같이 말했다. "음악에서 협화음과 불협화음이 가끔씩 조화를 이뤄 화음을 내기도 한다. 여기에는 더 깊은 의미가 있는데, 바로 마음의 화합 또는 부조화이다."

누군가에게 잘못을 지적할 때는 최대한 부드럽게 말하라. 특히 아이들에게는 반드시 그렇게 해야 한다. 장 파울 리히터가 비유하듯이, "아이의 작은 요람은 어른의 별밤보다 더 쉽게 어두워질 수 있기" 때문이다. 네덜란드의 화가 페테르 파울 루벤스(Peter Paul Rubens)는 붓질 한 번으로 아이의 웃음을 울음으로 바꿀 수 있다고 말했다. 일상에서도 마찬가지로 말 한마디면 가능하다.

부드럽게 말하라! 사소한 말 한마디도
마음 깊은 곳의 우물까지 떨어진다.
부드러운 말이 가져오는 선(善)과 기쁨은
영원무궁토록 전해질 것이다.
_랭포드

지적은 개인적으로 하고 칭찬은 공개적으로 하는 것이 좋다. 개인적으로 잘못을 지적해주면 상대방도 선의로 생각하며 긍정적으로 받아들이고 실제 효과도 좋다. 반면 공개적으로 칭찬하면 상대는 큰 보상으로 여기며 훨씬 더 고무된다.

누군가의 잘못을 지적할 때는 안타까운 마음을 가지고 진지하게 임해야 한다. 가능하면 화를 내거나 짜증을 부려서는 안 된다. 그리스의 정치가이자 철학자인 아르키타스(Archytas)는 자신의 노예에게 "만약 내가 화가 나지 않았더라면 너에게 벌을 주었을 것이다"라고 말했다. 당신이 만약 화가 난다면 말하기 전에 잠시 멈추고 곰곰이 생각하라. 매튜 아놀드는 교양을 갖춘 사람의 특징으로 무한한 인내, 상황 판단, 그리고 엄격한 행동과 관대한 태도의 조화를 꼽았다.

친절한 눈빛만으로도
상대를 기쁘게 한다

결국 죽으면 모든 사람은 동등해진다. 그러므로 모든 사람에게 예의를 갖추고 너그럽게 대하라.

친구와 헤어질 때는 되도록 화난 상태나 냉담한 상태가 되지 않도록 주의하라. 어떤 이별도 마지막이 될 수 있다는 사실을 명심해야 한다.

어떤 말은 한 줄기 햇빛과도 같고, 또 어떤 말은 날카로운 화살이나 독사의 이빨과도 같다. 그만큼 친절한 말은 기쁨을 주고, 거친 말은 깊은 상처를 낸다.

영국의 시인 조지 허버트(George Herbert)는 다음과 같이 말했다.

> 마구 쏘아댄 수많은 화살은
> 궁수가 생각지도 못한 과녁에 맞기도 한다!
> 함부로 내뱉은 수많은 말은
> 상처받은 마음을 누그러뜨리기도 하고 더 아프게도 한다.

늘 말이 필요한 건 아니다. 베드로가 예수를 부인했을 때 예수는 베드로를 그저 바라만 보았다. 제자를 나무라는 슬픈 표정만으로도 충분했다. 베드로는 밖으로 나가 대성통곡했다.

표정 하나로 극심한 고통을 줄 수도 있고, 친절한 눈빛 한 번으로 진심으로 기쁨의 춤을 추게 할 수도 있다. 오랜 헤어짐 뒤에 우리는 얼마나 따뜻한 환대를 바라는가! 따뜻한 아침 인사가 잔뜩 흐린 날도 환하게 밝혀준다.

말을 지나치게 아끼지 말라. 애정 표현을 두려워하지 말라. 사랑하는 마음이 있어도 냉랭한 태도를 보이면 아무 소용이 없다. 따뜻하고 다정하고 배려하고 친절해야 한다. 사람들은 봉사보다 공감에 더 도움을 받는다. 돈보다 사랑이 낫고 선물보다 다정한 말 한마디가 더 큰 기쁨을 준다. 미국의 화가 벤저민 웨스트(Benjamin West)는 어떤 계기로 화가가 되었느냐는 물음에 "어머니의 입맞춤"이라고 대답했다. 공자도 이렇게 말했다. "가정의 의무를 충실히 한다면 어떤 희생이 더 필요하겠는가."

키케로가 표현한 "인생에서 가장 소중하고 훌륭한" 친구를 선택할 때는 매우 신중해야 한다. 조지 허버트는 "좋은 친구를 사귀어라. 그러면 당신도 좋은 친구가 될 것이다"라고 말했다. '당신이 누구와 지내는지 말해주면 당신이 어떤 사람인지 알 수 있다'는 스페인 속담도 있다. 스스로에게 좋은 친구가 되지 못하는 사람은 그 누구에게도 좋은 친구가 되어줄 수 없다. 영국의 시인 존 데넘(John Denham)은 이런 글을 남겼다.

잘 선택한 우정은 무엇보다도 소중한 미덕으로
우리의 모든 기쁨은 배로 늘려주고

모든 고통은 절반으로 줄여준다.

우정은
'인생의 보석'

애인을 현명하게 선택하는 일도 매우 중요하다. 솔로몬 시대 이래로 현자라고 하는 사람들이 요부 때문에 타락하고 말았다. 밀턴은 다음과 같이 경고했다.

마음이 아무리 넓은 사람이라도
아름다운 여인의 유혹에 빠지면
어리석은 바보가 되고 만다.

릴리는 우정을 '인생의 보석'이라고 표현했다. 친구가 없는 사람, 특히 자기 잘못으로 친구가 없는 사람은 너무나도 불쌍하다. 미국의 시인 롱펠로(Longfellow)도 비슷한 말을 했다.

자신의 말에 대답해줄 사람이
자기 자신밖에 없는 사람은
가혹한 운명의 저주 아래

철저히 외로운 사람이다.

물론 가끔은 홀로 있는 시간도 필요하다. 이웃에게서 잠시라도 떨어질 수 없다면 그를 온전히 사랑하는 것은 어렵기 때문이다.

어쩔 수 없이 불평할 만한 일이 생길 때도 있다. 이런 경우에는 인내하며 이성적으로 생각해야 한다. 상대방 입장에서 바라보라. 성급하게 행동해서는 안 된다. 자연은 결코 서두르지 않는다. '급할수록 돌아가라'는 옛말도 있지 않은가. 무엇보다도 성급하게 다툼을 일으켜서는 안 된다. 시간적인 여유를 두고 충분히 생각하라. 밤새 속 태우던 일도 다음 날 아침이 되면 다르게 보이는 경우가 꽤 있다.

조목조목 맞는 말만 신랄하게 쓴 편지를 상대방에게 보내지 말고 다음 날까지 기다려보라. 아마도 영원히 보내지 않게 될 것이다.

나쁜 친구를 사귀느니
혼자가 낫다

가능하다면 훌륭한 친구를 사귀어야 한다. 나쁜 친구를 사귀느니 차라리 아무도 사귀지 않는 편이 낫다.

> 사악한 자의 길에 들어가지 말며
> 악인의 길로 다니지 말지어다.
> 그의 길을 피하고 지나가지 말며
> 돌이켜 떠나갈지어다.
> 그들은 악을 행하지 못하면 자지 못하며
> 사람을 넘어뜨리지 못하면 잠이 오지 아니하며
> 불의의 떡을 먹으며 강포의 술을 마심이니라.
> 의인의 길은 돋는 햇살 같아서
> 크게 빛나 한낮의 광명에 이르거니와　　　　　　**「잠언」**

악하고 어리석은 친구를 사귀는 것은 크나큰 실수지만, 그들을 적으로 만드는 것 역시 현명하지 못한 처사다. 왜냐하면 그런 사람들이 수두룩하기 때문이다.

친구들은 당신이 베풀 수 있는 것이라면 무엇이든 요구할지도 모른다. 하지만 그들은 당신에게 무언가를 요구할 권리가 있는 것이 아니다. 셰익스피어도 이렇게 지적했다.

> 빌리지도 말고 빌려주지도 말라.

잘못하면 돈도 잃고 친구도 잃는다.
계속 빌리다 보면 절약할 생각이 사라진다.

솔로몬도 우리에게 경고한다.

타인을 위하여 보증이 되는 자는 손해를 당하여도
보증이 되기를 싫어하는 자는 평안하니라.　　　　　　_「잠언」

친구들은 여러 위험한 일에서 당신을 보호해주고 슬픈 일
을 잊게 만들어줄 것이다. 고대 로마의 초대 황제인 아우구
스투스(Augustus)는 딸 율리아(Julia)의 간통죄로 수치스러운 마
음에 이렇게 말했다. "아그리파 또는 메케나스 둘 중 하나만
살아 있었더라도 이런 일은 당하지 않았을 텐데."

좋은 친구를 사귄다면 그 우정을 잘 지켜나가야 한다. 셰
익스피어는 이렇게 말했다.

친구들을 만나 사귀기로 했다면
강철 사슬로 당신의 영혼에 묶어두라.

아무리 사소한 일이라도 친구들이 불만을 품을 만한 일을

애초에 만들지 말라.

죽음이 당신과 친구 사이를 갈라놓을지라도 마지막으로 한 번은 더 보리라는 희망을 가질 수 있다. 물론 상실감까지는 없앨 수 없겠지만. 키블도 다음과 같이 말했다.

세월이 흘러 친구들이 눈앞에서 사라져갈 때
천국에서 다시 보리라는 믿음으로 기쁨은 날로 커진다.

좋은 배우자가
인생의 가장 큰 축복

인생의 중요한 통과의례 중 하나는 결혼이다. 사랑은 자연 만물을 아름답게 만들고 생기를 불어넣는다. 사랑은 지상의 유충을 천상의 나비로 만들고, 깃털을 봄의 색으로 물들이고, 반딧불이의 불을 밝히고, 새의 노랫소리를 깨우고, 시인에게 영감을 준다. 생기 없던 자연은 사랑의 주문(呪文)에 걸리고 꽃들도 형형색색으로 만발한다.

고대 그리스의 시인 시모니데스(Simonides)는 다음과 같이 말했다. "남자에게는 좋은 아내보다 큰 축복이 없고 나쁜 아내보다 큰 저주가 없다."

다투는 여자는 비 오는 날에 이어 떨어지는 물방울이라. _「잠언」

다투는 여인과 함께 큰 집에서 사는 것보다
움막에서 혼자 사는 것이 나으니라.　　　　　 _「잠언」

좋은 배우자를 선택하는 방법을 조언하기란 쉽지 않다. 그렇지만 현실적으로 고려해야 할 몇 가지 자명한 사실은 있다. 우선 너무 일찍 결혼하지 않는 것이 좋다. 영국의 극작가 헨리 테일러 경(Sir Henry Taylor)은 "결혼은 한 덩굴 식물이 다른 식물에 버팀목이 되어주는 것과 같으므로" 너무 어린 나이에 결혼하면 서로에게 버거울 수 있다고 지적했다.

그리고 돈을 '위해' 또는 돈 '없이' 결혼해서는 안 된다. 제러미 테일러는 『결혼반지(The Marriage Ring)』라는 책에서 말했다. "돈을 위해 결혼하는 사람은 인생의 모든 만족과 행복보다 돈을 가장 가치 있게 여기므로 스스로를 돈보다 열등한 존재라는 사실을 드러낸다. 그렇다면 돈을 다 잃었을 때는 그 슬픔을 무엇으로 채울 수 있겠는가?"

헨리 테일러 경은 『인생이 보낸 편지(Notes from Life)』에 이렇게 적었다. "결혼에 대한 망상을 버려야 한다. 결혼해도 예전처럼 독립적인 생활을 유지하며, 곁에 우아하고 소박하고 밝고 편안한 사람이 장식처럼 있다가, 외롭거나 어려운 일이 있을 때 도와주고 더 이상 필요 없어지면 사라져주는 일이라고 생각해서는 안 된다. 이런 상상은 젊은 쾌락주의자의 망상에 불과하다."

다시 제러미 테일러도 『결혼반지』에서 다음과 같이 말했다. "호메로스는 남편의 의무와 관련해 여러 가지 호칭을 붙인다. 남편은 아내에게 아버지이자 어머니이자 형제가 되어야 한다. 만약 결혼 생활이 그렇지 않다면 아내는 고아나 다름없는 처지가 된다. 아내는 남편을 위해 아버지와 어머니와 형제를 떠났으므로 남편이 이 모든 역할을 대신 하지 않으면 아내는 부모 없는 불쌍한 아이처럼 되고 만다."

이 말에 조금이라도 의심이 생긴다면 지금 결혼을 해서는 안 된다. 결혼 생활이 아주 행복하거나, 아니면 아주 불행할 것이다.

결혼은 이성과 감성으로
맺어지는 것

결혼에는 막중한 책임이 뒤따른다. 자신의 눈만 전적으로 믿거나 눈앞에 보이는 것에 현혹되어서는 안 된다. 제러미 테일러는 또 이렇게 지적했다. "결혼은 손과 눈으로 맺어지는 것이 아니라 이성과 감성으로 맺어지는 것이다."

좋은 아내는 물질뿐만 아니라 정신적으로도 도움을 주는 배우자다. 이와 관련해 셰익스피어는 "별 볼일 없는 남자라도 사랑에 빠지면 타고난 것보다 더 고귀한 본성을 갖게 된다"고 말했다. 별 볼일 없는 남자가 그러하다면 고귀한 본성을 타고난 사람은 얼마나 더 훌륭해지겠는가!

제러미 테일러는 말한다. "결혼은 신성한 제도이고, 성스러운 결합이고, 거룩한 신비이고, 명예로운 이름이며, 종교적인 의무다. 결혼은 인간 사회에 유익하며 신에게는 영광이 된다."

고대 로마의 교부인 테르툴리아누스(Tertullianus)는 다음과 같이 말했다. "결혼 생활이 행복하다면 그 행복을 어떤 단어로 표현할 수 있을까? (중략) 두 부부는 함께 기도하고 함께 예배하고 함께 금식하고 (중략) 함께 고난과 역경을 극복하고 함께 식사 자리에 앉는다. 서로에게 아무것도 숨기지 않고 서로에게 부담을 안기지 않는다. 그리스도는 이 모습을 보고 기뻐하신다. 이런 부부에게 평화를 주신다. 두 사람이 있는 곳에 그리스도가 함께하고 그리스도가 있는 곳에는 악한 사람이 발을 들일 수 없다."

당신은 결혼식에서 "기쁠 때나 슬플 때나 부유할 때나 가난할 때나 아플 때나 건강할 때나 죽음이 두 사람을 갈라놓기 전까지 서로 사랑하고 아낄 것을 맹세하는" 엄숙하고 아름다운 서약을 맺으며 배우자를 맞이한다.

스탠리는 다음과 같이 말했다.

"행복한 결혼은 인생의 새로운 시작이자 기쁨과 만족의 출발점이다. 모든 어리석음과 잘못과 실수는 먼 과거에 영원히 묻어두고, 새로운 희망과 새로운 용기와 새로운 힘을 가지고 우리 앞에 펼쳐진 미래를 향해 나아갈 최고의 기회다. 행복한 가정은 마치 천국과도 같다. 남편과 아내, 아버지와 어머니, 형제와 자매, 부모와 자녀가 서로가 서로를 도우며 살아가는데, 이는 가족이 아닌 다른 사람은 결코 할 수 없는 일이다. 그 누구도 가족만큼 서로를 잘 알 수 있는 상황이 아니므로 서로의 특징이나 성격도 알기 어렵다. '내 뼈 중의 뼈요 살 중의 살'*인 가족만큼 서로의 행복과 명예와 영광에 관심을 가질 사람은 없다. 가족의 행복과 영광이 나의 행복과 영광이 되고, 가족의 불행이 나의 불행이 된다. 가족이 이기적이고 나약하고 천박해지면 나도 땅으로 끌려 내려가고, 가족이 순수하고 고귀하고 힘이 있으면 나도 의지와 상관없이

---

* 『구약성경』 「창세기」에서 아담이 자신의 배필인 이브를 처음 보고 가족적인 친밀함을 표현한 비유의 말이다.

하늘로 올라간다."

자녀는 축복이자
책임

마지막으로 자녀들은 큰 축복이지만 동시에 기쁘게 맡아야 할 책임이기도 하다. 자녀는 부모에게 '보내졌다'는 말을 하는데, 무책임한 부모는 "신이 입을 보냈으니 먹을 것도 보내겠지"라며 변명을 댄다. 하지만 매튜 아놀드는 부모가 아이를 안전하게 키울 자신이 없다면 세상에 내놓을 자격이 없다고 경고했다.

자녀들은 따뜻한 사랑을 받으며 자라야 한다. 어린 시절 충분히 부모의 사랑을 받고 자란 자녀가 커서도 혹독한 삶을 잘 견뎌낼 수 있다.

제러미 테일러는 말한다. "부모는 어린 자녀에 대한 이야기를 할 때 마음이 신나서 춤을 춘다. 철없고, 말투가 어설프고, 귀여운 투정을 부리고, 순진무구하고, 불완전한 모습 모두가 부모에게, 나아가 사회에 기쁨과 위안이 된다. 그러나 아내와 자녀를 사랑하지 않는 남편은 집 안에 암사자를 키우고 슬픔의 둥지를 품는 것과도 같다. 축복 자체가 그에게 행복을 주지 않는다. 그래서 '남편은 아내를 사랑하라'는 계명을 포함한 신의 모든 계명은 기쁨을 얻기 위한 필수 요소이자 필요한 능력이다."

10장

근면

게으른 사자보다
일하는 개가 낫다

쉬지 말라. 인생은 쉼 없이 흘러간다.

죽을 때까지 담대하게 나아가라.

시간을 정복하기 위해

위대하고 숭고한 업적을 남겨라.

우리의 육체는 사라져갈지라도

우리의 영광은 영원히 남을 것이다.

나태는 삶의
가장 큰 적

어떤 것도 낭비해서는 안 되지만, 무엇보다도 시간은 절대 낭비해서는 안 된다. '오늘'이라는 시간은 한 번 지나가면 결코 다시 돌아오지 않는다. 시간은 하늘이 준 소중한 선물이며, 잃어버리면 돌이킬 수 없는 것이다. 영국의 시인 존 드라이든(John Dryden)은 이렇게 말했다.

하늘도 과거를 붙잡을 힘이 없다.
과거는 이미 지나갔고 나의 시간도 그러하다.

지금 시간을 제대로 쓰지 못하면 나중에 스스로를 책망할 것이다. '너무 늦었다'는 말이나 '그랬으면 더 좋았을 텐데'라는 말처럼 서글픈 것도 없다. 시간은 우리에게 잠시 맡겨진 것이므로 일분일초까지 잘 사용해야 한다. '잠을 아끼고 음식을 아끼고 시간을 아끼라'는 말도 있지 않은가.

영국의 제독 넬슨(Nelson)은 자신이 인생에서 성공한 이유는 무슨 일이든 항상 15분 일찍 마쳤기 때문이라고 밝혔다.

영국의 정치가 멜버른 경(Lord Melbourne)은 이렇게 말했다. "젊은이들에게 이 말만은 꼭 해주고 싶다. 자기 인생의 길을 스스로 개척해야 한다. 굶주리느냐 그러지 않느냐는 자신의 노력에 달려 있다."

근면은 성공하는 데 필수 요소일 뿐 아니라 사람 성품에도 큰 영향을 미친다. 제러미 테일러는 이런 말을 남겼다. "나태해지지 말라. 당신의 시간을 충실한 활동으로 채워라. 정신이 작동하지 않고 육체가 안이하면 욕정이 쉽게 틈을 파고든다. 게으른 사람은 유혹 앞에서 견디기 힘들다. 육체 노동만큼 악마를 몰아내는 데 유용하고 효과적인 일도 없다."

키블은 시간에 관해 이렇게 말했다. "시간과 지상은 영원과 천국을 위한 준비다. 우리가 여기서 우리 시간을 만드는 것처럼 신은 다가올 세상에서 우리 시간을 만든다."

작고 사소한 일이라도 다른 사람들이 더 행복하고 더 나은 삶을 사는 데 기여한다면 인류에게 영감을 불어넣는 고귀한 사명이자 소망이 된다.

어떤 일을 수행하든
마음을 다하라

메디치 가문의 피에트로 데 메디치(Pietro de Medici)는 이탈리아의 예술가 미켈란젤로(Michelangelo)를 고용해 눈[雪]으로 조각상 만드는 일을 시켰다. 이는 천재 예술가의 귀한 시간을 낭비한 대표적인 사례다. 미켈란젤로의 시간이 소중하다면 우리 시간도 역시나 소중하다. 우리도 눈으로 조각상을 만드는 데 시간을 허비하고 있고, 심지어는 진흙으로 우상을 만들고 있다.

세네카는 말했다. "우리는 시간이 부족하다고 불평하지만, 사실 우리가 생각하는 것보다 많은 시간이 주어진다. 우리는 아무것도 하지 않거나, 목적이 없는 일을 하거나, 해야할 일을 하지 않으면서 주어진 시간을 허비한다. 우리는 늘시간이 부족하다며 불평하면서도 마치 영원히 살 것처럼 행동한다."

시간을 절약하면 할 수 있는 일들이 놀라울 정도로 많다. 『성경』에 나오는 선지자 느헤미야는 페르시아 왕의 의자 뒤에서 기다리면서 시간을 아껴 신에게 기도를 올렸다.

그럼에도 아무리 시간을 충실하고 지혜롭게 보내는 사람

이라도, 심지어 운이 아주 좋은 사람조차도 여전히 하지 못한 일과 읽지 못한 책, 구경하지 못한 풍경이 남아 있기 마련이다.

인생에서 성공과 행복을 이루는 가장 중요한 요소는 정직하고 성실하게 일하는 능력이다. 키케로는 세상을 살아가는데 가장 필요한 것은 첫째도 담력, 둘째도 담력, 셋째도 담력이라고 했다. 물론 자신감도 필요하지만, 정확하게 말하면우리에게 정말 필요한 건 첫째도 인내, 둘째도 인내, 셋째도인내다. 놀이가 인생의 목적이 될 수 없듯이 일도 인생의 목적이 될 수 없다. 놀이와 일은 결국 인생의 수단일 뿐이다.

일은 몸의 건강만이 아니라 마음의 평안을 위해서도 필요하다. 하루를 걱정하며 보내면 일주일을 노동하며 보내는 것보다 더 지친다. 걱정은 우리 몸의 체계를 흐트러뜨리지만 일은 몸의 건강과 질서를 지켜준다. 근육 운동은 육체의 건강을 단련시키며 두뇌 운동은 마음의 평안을 가져다준다. 장쿠르는 "정신이 일을 하면 마음이 휴식을 취할 수 있다"고 했다.

러스킨은 다음과 같이 말했다. "소녀에게 제대로 할 일을부여한다면 소녀는 새벽부터 일어나 일을 하고 밤이 되어 지쳐도 자신이 한 일이 주위 사람들에게 덕이 되었다는 걸 깨닫는다. 열정은 있지만 무력감과 슬픔을 느끼던 소녀는 이제 빛나는 위엄과 자비로운 평안을 느낀다."

꼭 해야 할 일을 하라. '현자의 돌'*을 찾는 일이나 원의 면적을 구하는 일은 어느 정도 성과를 이루었다.

존슨 박사는 "말[言]은 대지의 딸이요, 행동은 하늘의 아들이다"라고 말했다. 어떤 일을 수행하든 마음을 다하라. 자신이 가진 재능을 최대한 계발하라. 재능은 사용하지 않으면 사라지고 만다. 『구약성경』 「역대하」에서는 히스기야 선지자에 대해 다음과 같이 말한다. "그가 행하는 모든 일 곧 하나님의 전에 수종드는 일에나 율법에나 계명에나 그의 하나님을 찾고 한 마음으로 행하여 형통하였더라."

천재란 노력할 줄 아는
능력을 가진 사람

천재란 장애물을 극복하고 인내하며 노력하는 사람이라고 말할 수 있다. 실제 천재로 알려진 인물들도 천재는 근면한 사람이라고 말한다. 영국의 소설가 조지 엘리엇(George Eliot)은 그녀가 영감으로만 소설을 썼다고 말하는 사람들을 비웃었다. 예일대 총장이었던 티모시 드와이트(Timothy Dwight)

---

* '철학자의 돌'이라고도 부른다. 여기서 현자나 철학자는 연금술사를 가리킨다. 중세의 연금술사들은 비금속을 금으로 바꾸는 재료가 있다고 믿었는데, 그것을 '현자의 돌'이라고 불렀다.

는 학생들에게 천재란 노력할 줄 아는 능력을 가진 사람이라고 말했다.

구걸하는 것은 일하는 것보다도 더 어려우며 아무리 해봐야 벌이가 좋지 못하다. 게다가 모든 사람은 자기 발로 일어설 줄 알아야 한다. 프랭클린이 말했듯이, 자기 발로 서 있는 농부가 무릎을 꿇고 있는 신사보다 항상 더 높은 곳에 있다.

영국의 문필가 윌리엄 코빗(William Cobbett)은 영문법에 관한 유명한 글에서 다음과 같이 말했다. "나는 하루에 6펜스를 받으며 병사로 일할 때 영문법을 공부했다. 막사의 침상이나 초소의 침대 끄트머리가 내가 공부하는 자리였다. 배낭은 책가방이었고 무릎 위에 올려놓은 나무판자는 책상이었다. 양초나 기름을 살 돈은 없었다. 겨울 저녁에는 난롯불이 있었는데, 그나마 내 차례가 돌아와야 난로 근처에 가까이 갈 수 있었다. 잉크와 펜, 종이를 살 돈 몇 푼도 내게는 큰돈으로 느껴졌다. 지금처럼 그때도 나는 키가 크고 건장하고 운동을 좋아했다. 내가 받은 돈에서 식비를 제하면 매주 달랑 2펜스만 남았다. 그 어려운 시절에 지금도 잊히지 않는 사건이 있었다. 어느 금요일에 꼭 필요한 돈만 지출하고 다음 날 훈제 청어를 사 먹으려고 반 페니를 남겨두었다. 옷을 벗고 잠을 자는 동안 배가 너무 고파 죽을 지경이었다. 그렇게 배고픔을 참고 아침에 일어났는데, 아뿔싸 내 반 페니가 없어진 것 아닌가! 나는 담요에 얼굴을 파묻고는 어린아이처럼 울음을 터뜨렸다. 나는 이런 환경 속에서도 끝까지 주어진 공부를 완수했다. 이런 내 앞에서 어떤 젊은이가 자신은 공부를 할 수 없다고 쉽게 변명할 수 있겠는가?"

코빗은 돈은 없었지만 열정과 용기가 있었다. 베이컨은 이렇게 말했다. "대부분의 사람들은 자신이 가진 부나 능력을 제대로 이해하지 못하는 것 같다. 부는 과대평가하고 능력은 과소평가하니 말이다. 자립과 극기는 자신이 직접 물을 길어 마시고, 직접 빵을 만들어 먹고, 생계를 위해 필요한 일을 배우고, 자신에게 주어진 것을 지혜롭게 소비하는 방법을 가르쳐줄 것이다."

결코 서두르지도
결코 빈둥거리지도 말라

동양의 속담에 이런 말이 있다.

열심히 노력하면
생활이 나아진다.

게으른 사자보다

일하는 개가 낫다.

에머슨은 이렇게 말했다. "자연은 인간에게 대가가 있든 없
든 꾸준히 일하라고 말한다. 일을 하면 어떻게든 보상을 받게
되어 있다. 대단한 일이든 사소한 일이든 옥수수를 심는 일이
든 서사시를 쓰는 일이든 정직하고 진정으로 좋아서 한 일이
라면 실제적인 보상뿐 아니라 정신적인 보상까지 받을 수 있
다. 아무리 실패를 많이 해도 결국에는 승리할 것이다. 일을
완수하는 것 자체가 당신에게는 보상이 되어줄 것이다."

영국의 소설가 월터 스콧 경(Sir Walter Scott)은 위대한 마술
사 마이클 스콧(Michael Scott) 이야기를 들려주었다. 마이클
스콧은 자신이 부리는 악마에게 계속 일을 주면서 스스로를
보호할 수 있었다고 한다. 이는 우리 모두에게도 적용된다.
사도 바울은 인간에게 쫓겨난 악마는 빈 집을 발견하면 자
기보다 더 악한 일곱 명의 다른 악마들을 데리고 들어간다
고 했다.

게으름은 휴식이 아니다. 게으른 것이 일하는 것보다 더
피곤한 일이다. 로마 속담에 '게으르면 휴식도 취할 수 없
다'는 말이 있다. 제대로 하는 일이 없으면 제대로 쉬지도

못한다.

결코 서두르지 말라. 자연은 서두르는 일이 없다. 스위스의 등반 안내자는 젊은 등산객들에게 중요한 조언을 반복한다. "천천히 꾸준히 걸어라." 이 말은 이렇게도 바꿀 수 있다. "너무 빠르게 걷지도 말고 너무 빈둥거리지도 말라."

물론 가끔씩 휴식은 필요하다. 힘센 황소들도 일하다가 쉬어주어야 한다. 황소 한 마리가 한 번씩 쉬어야 하는 밭고랑의 길이를 기준으로 펄롱(furlong, 약 200미터)이라는 단위가 생겨났다. 인생에서 큰 성공을 거두는 비결은 결코 서두르지 않는 것과 결코 빈둥거리지 않는 것이다. 동양 속담에도 이런 말이 있다. '서두름은 악한 것에서 나오지만, 인내는 행복의 문을 열어젖힌다.'

"죽을 때까지
담대하게 나아가라"

사람들은 서두르면 시간을 절약할 수 있을 거라고 생각한다. 큰 착각이다. 부지런히 움직이는 것은 좋다. 하지만 일을 빨리 끝내는 것보다는 일을 제대로 하는 것이 중요하다.

게다가 불규칙적으로 닥치는 대로 서둘러 일을 하면 천천히 꾸준하게 규칙적으로 일을 하는 것보다 더 많은 기운이 소진된다. 서두르면 일을 망치는 것은 물론이고 인생까지 망칠 수 있다.

"서두르지 말고 일하고 쉬지 말고 일하라." 괴테의 격언이다. 물론 여기서 '쉰다'는 의미는 우리가 생각하는 휴식과는 다른 의미다. 다음은 괴테의 말이다.

서두르지 말라. 생각 없이 한 행동이
정신의 속도를 망치지 않게 하라.
신중히 생각하고 옳게 판단하라.
그런 다음 무엇을 할지 결정하라.
서두르지 말라. 세월이 흘러도
무모한 행동을 속죄할 수 없다.

쉬지 말라. 인생은 쉼 없이 흘러간다.
죽을 때까지 담대하게 나아가라.
시간을 정복하기 위해
위대하고 숭고한 업적을 남겨라.
우리의 육체는 사라져갈지라도
우리의 영광은 영원히 남을 것이다.

열심히 일하되 서두르지 말고, 호들갑 떨거나 불안해하지도 말라

영국의 과학자 프랜시스 골턴(Francis Galton)은 다음과 같이 말했다.

"여행할 때는 과정에서 재미를 느껴야지 결과를 너무 기대해서는 안 된다. 자연을 여행하다가 문명 세계로 돌아오는 것을 고생의 끝이자 불운의 피난처라고 생각하지 말고, 즐거운 모험과 아쉬운 작별을 한다고 생각하자. 그러면 위험은 줄어들고 자기도 모르는 사이에 앞으로 나아갈 것이다. 그렇게 돌아다니면 방향과 지형을 파악하게 되고, 그러면 급한 일이 생기거나 사고가 나서 돌아와야 할 경우에 도움이 될 것이다. 이렇게 몇 달이 지나서 지나온 길을 되돌아보면 어마어마한 거리에 놀랄 것이다. 하루에 5킬로미터씩 꾸준히 걸어도 1년이면 1,800킬로미터가 넘는다. 토끼와 거북이 우화는 넓고 넓은 미지의 세계를 탐험하는 여행자들에게는 꼭 들어맞는 이야기다."

"인내는 명예를 빛나게 한다"

일찍 일어나고, 근육과 뇌를 적당히 움직이거나 쉬어주고, 음식을 절제하고, 충분한 수면을 취하고, 매사를 편안하게 받아들이면 일 때문에 몸과 마음이 상하지 않을 것이다. 걱정과 근심, 불안과 초조함은 일에 집중하지 못하도록 방해하고 결국 병에 걸리거나 죽음에 이르게 할 수 있다. 하지만 즐겁고 유쾌하게 생활하면 운동과 신선한 공기가 몸을 건강하게 만들어주듯이, 지적 활동과 자유로운 사고는 마음을 건강하게 만들어주고 우리의 생명도 연장해준다. 셰익스피어는 이렇게 말했다.

인내는 명예를 빛나게 한다.
주어진 일을 끝까지 마치는 것은
어처구니없는 비난을 받아가면서도
유행에 벗어난 빛바랜 편지에 매달리는 것과 같다.

영국의 작가 윌리엄 헨리 데번포트 애덤스(William H. D. Adams)는 그의 책 『단순한 삶과 고상한 사유(Plain Living and High Thinking)』에서 "인내는 정치가의 두뇌, 전사의 칼, 발명가의 비밀, 학자가 외우는 '열려라 참깨'와 같다"고 했다.

빅토리아 여왕은 영국 역사상 가장 위대한 군주로 기억될 것이다. 왜 그런가? 탁월한 판단력과 기지를 갖추고 있으면서도 스스로 끊임없이 노력하는 사람이기 때문이다. 빅토리아 여왕이 어떤 마음가짐으로 군주의 일을 수행했는지 제임슨 부인(Mrs. Jameson)의 회고록에 나온 몽테글 경(Lord Monteagle)의 말에서 잘 드러난다. 몽테글 경이 일을 그르치는 바람에 여왕에게 폐를 끼친 것에 대해 유감의 뜻을 밝히자 여왕은 다음과 같이 대답했다. "폐를 끼친다는 말은 하지 마세요. 어떻게 하면 일이 올바르게 처리되는지만 말하세요. 그러면 내가 할 수 있는 한 최선을 다하겠습니다."

살아가면서 당신이 맡은 의무나 수행하는 일이 무엇이든 최선을 다해 노력하라.

웰링턴 공작이 수많은 전투에서 승리를 거둔 비결은 훌륭한 군인이기도 했지만 유능한 사업가였기 때문이다. 그는 보급품과 식량을 공급하는 일에도 세심한 주의를 기울였다. 덕분에 말들은 먹이가 넉넉했고, 병사들도 따뜻한 군복과 튼튼한 군화와 양질의 음식을 공급받았다. 솔로몬은 「잠언」에서 이렇게 말한다. "네가 자기의 일에 능숙한 사람을 보았느냐 이러한 사람은 왕 앞에 설 것이요 천한 자 앞에 서지 아니하리라." 사도 바울도 "부지런하여 게으르지 말고 열심을 품고 주를 섬기라"고 말했다.

근면은
그 자체가 보상

근면은 그 자체로 우리에게 보상이 된다. 콜럼버스는 인도를 찾아 탐험을 떠났다가 아메리카 대륙을 발견했다. 괴테가 지적한 대로 사울 왕은 아버지의 잃어버린 암나귀들을 찾아 떠났다가 왕국을 발견했다.

프랭클린은 "해야 할 일이 있으면 하기로 결심하고, 결심한 일은 반드시 해내라"고 말했다.

천재적 재능이 노력을 대신할 수 있다고 생각하는 사람이 많다. 평상시에는 빈둥거리며 놀다가 시험 때만 되면 벼락치기로 공부해 높은 점수를 받는 사람들도 물론 있다. 하지만 매사를 그렇게 할 수는 없다. 나중에는 결국 열심히 노력해야 원하는 바를 성취할 수 있다. 훌륭한 위인들의 학교 성적표를 보면 총명함보다는 근면 때문에 성공했다는 사실을 알 수 있다. 웰링턴, 나폴레옹, 클라이브, 스코트, 셰리던, 번스 모두 학교 다닐 때는 그냥 우둔한 학생이었다고 한다.

다른 사람보다 타고난 재능을 가진 사람들도 분명히 존재한다. 그렇다면 두 사람을 인생의 출발점에 놓고 비교해보자. 한 사람은 뛰어난 재능을 가지고 있지만 부주의하고 게으르고 제멋대로 행동한다. 또 한 사람은 비교적 재능이 뛰어나지는 않지만 부지런하고 신중하고 절제력이 있다. 세월이 흐른 뒤에 보면 후자가 더 많은 일을 해냈을 것이다.

뛰어난 머리, 부유한 친구, 권력 있는 친지가 근면과 인격의 부족을 채울 수는 없다. 링컨의 주교이자 훌륭한 정치가였던 그로스테스트(Groteste)에게는 게으름뱅이 동생이 하나 있었다. 그런데 어느 날 그 동생이 찾아와 자기도 훌륭한 사람이 되게 해달라고 말했다. 그러자 그로스테스트는 이렇게 대답했다. "동생아, 너의 쟁기가 망가지면 수리비를 주고 너의 황소가 죽으면 다른 소를 사줄 수는 있단다. 하지만 게으른 너를 훌륭한 사람으로 만들 수는 없구나. 그냥 지금처럼 농부로 살아가는 수밖에."

무슨 일이든
열정의 대상이 될 수 있다

밀턴은 타고난 천재였지만 불굴의 노력파이기도 했다. 그는 자신의 습관에 대해 이렇게 말했다. "겨울에는 아침에 일하거나 기도하는 사람들을 위한 종소리가 울리기도 전에 일어나고, 여름에는 제일 일찍 잠에서 깨어나는 새와 함께 일어나 좋은 작가의 책을 읽는다. 집중력이 떨어지거나 기억력이 소진되면 책을 내려놓고 육체노동을 하면서 몸의 건강을 단련시킨다. 신앙심을 유지하고 국가의 자유를 지키기 위해 늘 정신이 깨어 있는 상태를 만든다."

자기가 맡은 일을 따분한 의무로 여기지 말라. 마음만 먹으면 얼마든지 재미있는 일로 만들 수 있다. 자기 일에 마음을 쏟고, 일의 의미를 제대로 이해하고, 그 일이 어떻게 생겨났고 어떤 역사를 거쳐왔는지 살펴보고, 다양한 측면에서 일을 바라보고, 아무리 사소한 일이라도 사람들에게 어떤 유익을 줄 수 있는지 생각해본다면, 당신은 무슨 일이든 열정을 가지고 임할 수밖에 없다.

자신의 일을 사랑하고 기쁜 마음으로 일을 하면 훨씬 수월해질 것이다. 비록 처음에는 쉽지 않고 고되게 느껴지겠지만, 이 과정이 당신에게 필요한 일인지도 모른다. 마치 신선한 산속 공기처럼 당신에게 기운을 북돋아줄 수도 있다. 옛 스칸디나비아 사람들은 망치를 휘두르는 농업의 신 '토르'를 숭배했다. 북유럽신화의 대장장이 신 볼란드는 좀 지나치긴 하지만 일을 잘하고 싶은 욕심에 자신의 영혼을 악마에게 팔아넘겼다고 한다.

수면은
시간 낭비가 아니다

한편 수면 시간은 어느 정도가 적당한지는 중요한 질문이 될 수 있다. 그건 사실 자연이 결정할 문제다. 사람마다 자신에게 충분한 수면이 다르다. 어떤 사람은 다른 사람들보다 더 많이 자야 한다. 자연이 요구하는 수면의 양을 인위적으로 줄일 수는 없다. 필요한 만큼 잠을 자는 것을 시간 낭비로 봐서도 안 된다. 특히 수면은 신경이 예민해지고 기운이 떨어져 있는 도시민들에게는 훌륭한 원기회복제가 되어준다.

영국의 정치가 에드워드 쿠크 경(Sir Edward Cooke)은 하루 일과를 다음과 같이 정했다.

수면 6시간
법 공부 6시간
기도 4시간
나머지는 자연의 순리대로

윌리엄 존스 경은 위의 일과를 참고해 이렇게 계획을 세웠다.

법 공부 6시간
숙면 7시간
세상 일 10시간
나머지는 하늘에 맡김

나는 6~7시간 수면으로는 부족하다. 누구나 다시 눕고 싶지 않을 만큼 충분히 잠을 자야 상쾌하게 일어날 수 있다.

자연 순리에
따라 일하라

마음이 슬플 때 일을 하면 기분 전환과 함께 큰 위로가 된다. 사실 대부분의 사람들은 한가하게 여가 시간을 보내면 이유 없이 두려움과 근심 걱정에 휩싸인다. 그러니 꾸준히 자기의 일을 해야 한다. 영국의 철학자 제임스 스털링(James Stirling)도 이런 말을 했다.

당신이 일과 생각에 몰두하면
슬픔이 아닌 평화를 찾게 될 것이다.

릴리는 "지혜로운 자에게는 모든 곳이 나라이며, 마음이 고요한 자에게는 모든 곳이 궁전"이라고 했다.

그리고 자연에 거스르지 말고 자연 순리에 따라 일하라. 되도록 강물의 흐름을 거스르며 노를 저어서는 안 된다. 물론 어쩔 수 없는 경우도 있다. 그럴 때는 당당히 맞서야 한다. 하지만 우리가 자연 순리에 따른다면 자연은 우리를 위해 일할 것이다.

마지막으로 킹즐리 목사의 말을 인용하며 마치고자 한다. "자연을 초월한 자가 그러하듯, 자연 그 자체도 순리를 따른다. 물리적 법칙에 순응하지 않는 사람은 죄를 짓는 것이다. 온 우주가 그를 공격하고 보이지 않는 수많은 힘이 그와 그의 후손들에게 언제 어디서든 복수할 것이다. 반대로 자연법칙에 순응하는 사람에게는 온 우주가 합심해 그에게 선을 행할 것이다. 그는 물리적인 우주와 평화로운 관계를 유지할 것이다. 머리 위의 태양과 발밑의 흙과 가까워지고 이로부터 도움을 얻을 것이다. 태양과 흙과 세상의 모든 것을 창조한 신에게 온 마음과 뜻을 다해 순종하고 있기 때문이다."

11장

희망

어두운 때를 지나야
밝은 빛이 솟는다

올 테면 와보라지,

어차피 힘든 시간은 지나갈 테니까.

상상 속 위험에
빠지지 말 것

나는 희망이 신앙이나 자비와 동일하게 미덕으로 여겨져야 한다는 이야기를 자주 듣는다. 신앙을 미덕으로 여기는 사람도 있고 아닌 사람도 있지만, 자비는 확실히 미덕이다. 그렇다면 희망은 왜 미덕으로 여겨져야 할까?

희망의 반대말인 절망은 부정적이다. 절망이 부정적이라면 반대로 희망은 긍정적이다. 어떤 목적을 이루고자 인내와 끈기를 가지고 나아갈 때는 희망이 필요하다. 사람의 인격을 판단하려면 단 한 번의 영웅적인 행동이 아니라 인내심을 봐야 한다. 매일 희생하고 힘겨운 삶을 살아가면서도 인내하는 여성들이야말로 진정한 순교자다.

마음속에 너무 많은 일을 담아두어서는 안 된다. 끝까지 용기를 잃지 않는 사람은 패배자가 아니다. 버틀러는 이렇게 말했다.

어떤 일에 실패하는 것은
치욕스러운 일도 아니다.
운명 앞에 무릎 꿇는 것도 아니고
인간을 더 나쁘게 만들지도 않는다.
하지만 뒤돌아 달아나거나
노력도 없이 포기하거나
폭력 앞에 굴복하는 것은
운명이 아니라 사람의 잘못이다.

시드니 스미스는 자신만의 유머 감각을 가지고 훌륭한 조
언을 했다. "만약 이 세상에서 가치 있는 일을 하고 싶다면
춥고 위험하다고 생각하며 강둑 위에서 덜덜 떨면서 서 있지
만 말고 강물로 뛰어들어 젖 먹던 힘을 다해 헤쳐 나가야 한
다."

신기하게도 사람들은 실제 위험보다 상상 속 위험을 더
두려워한다. 예를 들면, 어떤 일을 했을 때 사람들의 비웃음
을 살까봐 쓸데없이 두려워한다.

잘못된 수치심에 굴복하지 말라. 베드로는 바리새인과 군
인에게는 용감히 맞섰지만, 대제사장 회당 안에 있던 시녀나
하인의 비웃음은 견딜 수 없었다.

"슬픔에 날개를
달지 말라"

셰익스피어는 다음과 같이 말했다.

겁쟁이는 진짜로 죽기 전까지 몇 번이고 죽는다.
하지만 용감한 사람은 단 한 번만 죽는다.

돈키호테는 창문에 매달려 있을 때 발밑으로 끝없는 심연
이 펼쳐져 있을 것이라고 상상했는데, 객줏집 하녀인 마리토
르네스가 와서 그를 내려놓자 사실은 땅에서 불과 얼마 떨어
지지 않은 곳이었다.

『천로역정(Pilgrim's Progress)』에서 '불신(Mistrust)'과 '소심(Tim-
orous)'을 겁에 질리게 한 그 사자를 기독교도가 용감히 다가
가서 보니 사슬로 묶여 있었다.

병사들은 전쟁에서 승리하고도 밤이 되면 공황 상태가 되
어 도망쳐버린다. '공황(panic)'이라는 말은 근거 없는 공포를
뜻한다. 밤이 아니라 밝은 대낮에도 이유 없이 두려움과 근
심에 휩싸이는 경우가 얼마나 많은가.

수많은 근심은
거품처럼 부서져
망각의 강으로 사라진다.
그러니 근심들을 되뇌거나
소중히 간직하거나
마음속에 영원히 남기지 말라.

수많은 슬픔은
내일이면 사라져버린다.
그러니 슬픔에 날개를 달지 말라.
슬픔은 마음속에 들어와
조용히 알을 품고
온갖 끔찍한 것을 낳을 테니.   _G. 클라크

불만이 많은 사람은 자신이 어떤 사람이 되고 싶은지 자문해봐야 한다. 어떤 사람에게서는 건강을, 어떤 사람에게서는 부를, 또 어떤 사람에게서는 집을 가져올 수 없다. 자신에게 불만스러운 사람은 완전히 다 바꿔야 한다. 그러지 않으면 아무런 변화도 일어나지 않는다.

"용기가 사라지면
모든 것이 사라진다"

영국의 시인 겸 평론가인 콜리지(Coleridge)는 큰 어려움에 닥쳤을 때 동료이자 화학자인 험프리 데이비 경(Sir Humphry Davy)에게 편지를 썼다. "이 모든 변화와 수모와 두려움 속에서도 내 안에 거하는 영원한 존재가 모든 일이 축복으로 충만하다는 기쁜 믿음을 지켜준다네."

그러므로 절대 절망하지 말라. 모든 것은 언젠가 회복된다. 단 절망만 제외하고. 『집회서(Sirach)』*에는 "마음이 약한 자에게는 고통이 있을 것이다"라고 말한다.

용기가 사라지면 모든 것이 사라진다.
당신은 태어나지 않았다면 좋았을 뻔했다.   _괴테

인내하는 것은 운명을 정복하는 것이다.   _캠벨

절망적일 때 조심히 걸어라.
아침이 밝으면 어두운 밤은 지나간다.   _쿠퍼

---

* 가톨릭에서 인정한 『구약성경』의 제2정경(외경)을 가리킨다.

누구나 실수를 저지른다. 실수하지 않는 사람은 아무것도 이뤄낼 수 없다는 말도 있다. 하지만 같은 잘못을 두 번씩 저지를 필요는 없다. 실수를 통해 배우라. 그러면 그것이 더 나은 삶으로 나아가는 디딤돌이 될 것이다.

영국의 정치가 조셉 흄(Joseph Hume)은 "1년에 1만 파운드를 버는 것보다 유쾌한 성격을 갖는 것이 더 낫다"고 말했다.

행동은 현재가 중요하지만, 과거와 미래에서 사는 것이 더 현명하다고 생각하는 사람들이 있다. 인생이 불행한 이유는 현재를 위해 미래를 희생하기 때문이다. 한순간의 만족을 위해 앞으로 다가올 날들의 행복을 희생한다. 내 손에 있는 새 한 마리는 숲속 나무 위에 있는 새 두 마리만큼의 가치가 있다. 하지만 숲속에 있는 새들이 알아서 내 새장 안으로 들어올 일은 없다. 그러나 미래는 반드시 나에게 온다. 러스킨의 말대로 진짜 행복한 사람은 "즐거운 추억을 되새기고 천국의 비전을 가지고 살아가는 사람"이다.

용기는 미덕이자
인간의 본성

우리가 미래를 살아가면 인생이 잘못된 길로 나아갈 일

은 거의 없다. 왜냐하면 사람은 진정한 인생과는 거리가 먼 덧없는 것들을 버리고 늘 함께할 영원한 축복을 바라기 때문이다.

사람은 무엇보다도 용감해야 하고 스콧의 표현대로 '행동하려는 의지와 도전하려는 영혼'을 가져야 한다. 스콧은 이렇게 말했다.

우리가 갖는 의심은 배신자다.
무언가 시도하는 것을 두려워해
우리가 얻을 이익도 잃어버리게 만든다.

용기는 미덕일 뿐만 아니라 인간의 본성 중 하나다. 여자는 온화해야 하듯이 남자는 용감해야 한다. 물론 남자도 용감하면서도 온화해야 하고 여자도 온화하면서도 용감해야 한다.

무모함은 용기가 아니다. 용기는 위험을 싫어하는 것이 아니라 용감하게 맞서는 것이다. 불필요한 위험을 감수하는 것도 용기가 아니다. 위험이 닥칠 때 겁을 먹으면 그 위험은 더 커진다. 대담하고 차분하게 맞서는 것이 진정으로 안전하게 가는 길이다. 전장에서 적군을 피해 달아나면 죽임당하는 건 시간문제다. 아킬레스처럼 약점(일명 아킬레스건)을 가지고 있는 사람들은 특히나 더 그렇다.

버크는 『숭고함과 아름다움에 관한 에세이(Essay on the Sublime and Beautiful)』에서 이렇게 말했다. "어떤 일을 끔찍하게 만드는 것은 '모호함'이다. 우리가 어떤 위험에 처해 있는지 제대로 파악하고 있다면 걱정과 불안은 대부분 사라진다."

옛 우화에 새의 깃털에 놀란 사슴이 사냥꾼의 손에 잡히고, 양 떼가 일으킨 먼지를 보고 적군으로 착각하다가 결국 기습을 당한 이야기가 나온다.

늘 침착하고 용기를 가져라.

가시를 피하면 위험하고
가시를 뜯으면 안전하다.

겨울이 지나가면
봄이 오는 법

무엇이든 너무 많은 것을 기대하지 말라. 괴테는 "적게 기대하고 많이 즐기는 법을 아는 것이 곧 성공의 비결"이라고 말했다.

너무 많은 것을 기대하지 말고 너무 성급하게 기대하지도 말라. "모든 것은 기다릴 줄 아는 사람에게 온다." 인생에서 가장 어두운 그림자는 빛 가운데 서 있을 때 드리워진다. 살다 보면 언젠가는 슬픔이 찾아오지만 우리는 용감하게 참아내야 한다.

리히터는 "가장 어두운 시기에 가장 밝은 기억을 소환하라"고 말했다.

> 진정한 숭고함이란
> 고통을 견디며 강해지는 것이다.

우리는 다음과 같은 셰익스피어 말에도 위안을 얻는다.

> 올 테면 와보라지,
> 어차피 힘든 시간은 지나갈 테니까.

조지 맥도널드도 이렇게 말했다.

> 진실한 마음과 강인한 사랑만 있다면
> 일은 결코 나쁘게 흘러가지 않는다.
> 안개가 자욱하고 비가 내리더라도

사랑이 있으면 다시 햇빛이 비친다.

『그리스도를 본받아』에는 다음과 같은 글귀가 나온다. "겨울이 지나가면 봄이 오고, 밤이 지나가면 아침이 오며, 거센 폭풍우가 지나가면 고요해진다."

우리가 가는 길이 어두워 보일지라도 시간이 큰 슬픔을 위로해줄 것이다. 밤에는 고통스러울 수 있지만, 아침이 되면 기쁨이 찾아올 것이다. 롱펠로도 다음과 같은 위로의 말을 전한다.

슬픈 마음아, 고요해져라. 불평을 그쳐라.
구름 뒤에는 태양이 늘 빛나고 있다.
그대의 운명도 마찬가지다.
누구나 인생을 살다 보면 비가 내리기도 하고
어둡고 우울한 날도 오게 마련이다.

결국 시련이
나를 성장시킨다

어떤 변화가 일어났는데 그것이 불운처럼 보인다면 정말

그러한지 확인해보라. 잘못 봤을 수도 있기 때문이다. 별것 아닌 일에도 낙담할 만큼 이 세상은 그리 만만한 곳이 아니다. 직접 부딪혀보지 않고는 우리가 무슨 일까지 할 수 있는지 결코 알 수 없다. 고통과 슬픔은 실제로는 가면을 쓴 친구일 수도 있다. 넬슨 제독은 앞을 보지 못한 덕분에 전쟁 중에 퇴각 신호를 보지 않아서 좋았다고 한다.*

영국의 정치가 그랜트 더프 경(Sir Grant Duff)은 르낭에서 행복한 생활을 하면서 "전혀 부러움을 느끼지 못할 삶을 사는 사람도 있었고, 가끔은 부러운 죽음을 맞이하는 사람도 있었다"고 술회했다. 역사 속에는 왕좌에 올랐지만 단두대의 이슬로 사라지는 불명예를 얻은 사람들도 있다. 우리가 고통을 겪는다면 그것은 우리의 잘못 때문이거나 공적인 선 때문이다. 셰익스피어는 이렇게 말했다.

지혜로운 사람은 그냥 앉아서 상실감에 젖지 않는다.
다시금 힘을 내 상처를 어떻게 치료할지 방법을 찾는다.

인생의 수많은 축복을 온전히 즐길 수 있는 것에 늘 감사한 마음을 가져야 하지만, 그렇다고 슬픔과 고통이 꼭 악한

---

* 넬슨 제독은 코르시카에서 프랑스군과 전투를 벌였다. 이때 적군의 포격으로 돌 파편이 튀어 오른쪽 눈의 시력을 잃고 말았다.

것과 연결되어 있는 건 아니다. 매번 성공만 거둔다면 그 사람은 제대로 성장하지 못한다. 별것 아닌 어려움 앞에서도 금세 좌절하고 나약해진다. 시련에 맞서고 유혹을 극복하고 슬픔을 이겨낸 사람만이 인격이 성장하고 성품이 강인해질 수 있다.

영국의 지질학자인 기키(Geikie)는 "영원한 존재를 대면하라. 당당하게 그 앞에 나아가는 것이 가장 위대한 일이다"라고 말했다.

우리는 여름날의 싱그러운 공기와 밝은 태양을 마음껏 즐기지만, 사실 웅장하고 아름다운 자연은 겨울의 눈보라 폭풍우가 빚어낸 것이다.

킹즐리는 매서운 북동풍을 다음과 같이 칭송했다.

부드러운 남풍은
연인의 한숨에 섞이고
게으른 사내들은
여인들의 눈에서 기쁨을 누린다.
심장을 펜처럼 약하게
만들 뿐이다.
거칠고 흐린 날씨가

강인한 남자를 만든다.

하지만 사나운 북동풍이
눈보라를 몰아치며
우리 영국 남자의 심장을
바다를 통해 세계로 향하게 한다.
오라! 우리 내면은 강해지고
바이킹의 피가 끓어오른다.
두뇌와 근육이 다시 살아난다.
불어라, 그대 신의 바람이여!

고난 없는
영광은 없다

고난은 우리에게 선한 북동풍이다. 고난은 우리를 강하게
단련하고 떨쳐 일어나게 만든다. 헨리 테일러 경은 말한다.

명예라는 화려한 장식물을 넘어
고난은 영웅의 찬사이자 면류관이다.
고난은 우리의 투쟁 끝에 얻고자 했던

영웅의 영광스러운 승리를 갈망한다.

스토아 철학자 에픽테토스(Epictetus)는 다음과 같이 질문했
다. "만약에 헤라클레스가 용감히 물리쳤던 사자, 히드라, 수
사슴, 멧돼지, 야만인이 없었다면 헤라클레스는 어떻게 되었
을지 생각해보았는가? 이런 과제가 없었다면 과연 그는 무
엇을 했을까? 그저 이불을 둘러쓰고 잠이나 자지 않았을까?
사치스럽고 편안한 삶을 살았다면 그는 영웅 헤라클레스가
되지 못했을 것이다. 만약 무위도식하며 살았다면 그가 어디
에 쓰임을 받았을까? 환경과 사건이 그를 자극하거나 흥분
시키지 않았다면 무기 같은 그의 육체는 물론이고 인내심과
고결한 정신이 다 무슨 소용이겠는가?"

베드로도 고난의 가치를 이렇게 말했다. "부당하게 고난
을 받아도 하나님을 생각함으로 슬픔을 참으면 이는 아름다
우나 죄가 있어 매를 맞고 참으면 무슨 칭찬이 있으리요. 그
러나 선을 행함으로 고난을 받고 참으면 이는 하나님 앞에
아름다우니라."

12장

자비

타인을 용서해야
스스로도 용서받는 법

믿음, 소망, 사랑,

이 세 가지는 항상 있을 것인데

그 중의 제일은 사랑이라.

결점보다
장점을 찾아라

상대가 나에게 해주길 바라는 것이 있다면 나도 상대에게 그렇게 해주어야 한다. 마찬가지로 상대에게 바라는 호의대로 나도 상대에게 호의를 베풀어야 한다. 내가 먼저 배려하지 않으면서 어떻게 상대가 나를 배려하길 바랄 수 있겠는가? 다른 사람에게 자비를 베푸는 일은 대체로 바람직하다.

『진실의 예측(Guesses at Truth)』이라는 책에는 다음과 같은 내용이 나온다. "일부 사람들은 한니발이 식초를 뿌려가며 알프스산맥을 넘었다는 이야기를 상기하며 고난을 극복해야 한다."

그런데 어떤 사람들은 기꺼이 희생을 감수하지만 삶을 기쁘게 만들어주는 사소한 행동과 친절은 소홀히 한다.

우리가 불평할 일이 있더라도 그 일이 우리가 생각했던 것만큼 그리 심각하지 않을 때가 많다. 그럼에도 참지 않고 분노하면 피해는 더 커진다. 복수 자체가 피해보다 해롭다.

다른 사람에게 피해를 입히려고 하는 사람은 오히려 자신이 더 큰 피해를 입는다. 알프레드 대왕은 이것을 "화난 벌이 침을 쏘고 죽는 것과도 같다"고 표현했다.

주변을 보면 세상의 결점만 찾아다니는 사람이 있다. 하지만 비판보다 칭찬이 훨씬 더 지혜로운 태도다. 사실 트집을 잡는 건 진정한 의미의 비판이라 볼 수 없다. 상대방에게 결점이 있다 하더라도 그것이 그의 전부는 아니다. 비판이 진실이더라도 그것이 진실의 전부를 설명하지는 못한다. 무대 뒤에서 연극을 보면 흥미롭기는 하지만 연극을 보는 데 최적의 자리는 아니다. 타인에게든 자신의 인생에서든 결점이 아닌 장점을 찾아보도록 노력하라. 찾으려 하면 찾게 된다.

모든 사람과 모든 일에
최대한 너그러워질 것

늘 인내하라. 어린아이들이 투정을 부리면 열에 아홉은 어딘가 불편하기 때문이다. 그런 의미에서 불평하는 어른들도 큰 아이에 불과하다. 누군가가 우리에게 화를 내는 경우, 그 사람이 처한 환경이나 기분을 이해한다면 화가 나기보다는 오히려 불쌍해 보인다.

어떤 사람이 아프다는 사실을 알면 우리는 더없이 너그러워진다. 더 이상 인색해지지 않는다. 해줄 수 있는 건 다 해준다. 귀찮고 골치 아픈 일은 굳이 알려주지 않는다. 그런데 왜 아픈 환자에게만 그렇게 대하는가? 아프든 아프지 않든 모든 사람에게 그렇게 너그러우면 더 좋지 않겠는가.

우리는 다른 사람의 남모를 고통과 슬픔을 잘 알지 못한다. 그러니 혹시 그에게 불평이 생기더라도 아량을 베풀기 위해 노력하라. 아량이 과하지 않을까 걱정할 필요는 없다. 모든 사람과 모든 일에 최대한 인내하고 너그러워져라.

'세상을 떠난 사람에게는 칭찬만 베풀라'는 좋은 격언도 있다. 그런데 꼭 세상을 떠난 사람에게만 그렇게 해야 하는가? 칭찬이나 좋은 말은 다 어디로 가고 왜 남을 헐뜯고 비난하는 말만 가득할까? 죽은 사람에게 하듯 산 사람에게도 좋은 말을 해주면 얼마나 좋을까?

어찌되었든 다른 사람을 성급하게 비난하지 말라.

비난하지 말라!
그의 머리와 마음이 어떻게 움직이는지
당신은 볼 수 없지 않은가.
당신의 흐린 눈에 보이는 결점은

신의 밝은 눈으로 바라보면
당신이 포기하고 쓰러졌던 전장에서
그가 힘겹게 얻은 영광의 상처일지도 모른다.　_A. A. 프록터

　물론 반대 의사를 표해야 할 경우도 당연히 있다. 하지만
친절하고 부드럽게 말할 수 없다면 아무 말도 하지 않는 편
이 더 낫다. 시드니 스미스는 그가 없는 자리에서 자기를 험
담한 친구에게 다음에는 자신이 없는 자리에서 자기를 발로
차도 된다고 말했다. 그런데 우리는 대부분 어차피 비난을
받을 거라면 눈앞에서 받는 게 낫다고 생각하고, 스스로 변
호할 수 없는 상황에서 다른 사람이 자신 이야기를 하는 것
에 매우 예민하다.
　사람들은 타인을 험담하면서 웃고 즐기지만 한편으로는
자신이 없는 자리에서는 자기가 희생양이 될 것이라는 사실
을 직감적으로 알게 된다. 그러므로 당신과 함께 웃고 즐긴
사람이라도 과연 그 일로 당신을 좋아할지는 모르는 일이다.
영국의 시인 번스(Burns)는 다음과 같이 조언했다.

당신의 형제에게 친절히 대하고
당신의 자매에게는 더욱 다정하라.

간혹 어리석은 짓을 저지르더라도
사람이란 원래 그런 걸 어찌하랴.

한쪽으로 치우치지 말고 침묵하라.
우리는 결코 문제를 바로잡을 수 없다.
이미 벌어진 일은 얼마간 알 수 있어도
벌어지고 있는 일은 어떻게 될지 알 수 없다.

동물에게
고통을 주는 일은 범죄다

동물에 관해서도 나누고 싶은 이야기가 있다. 세네카는
"우리 인간은 갈고리, 올가미, 덫, 사냥개를 가지고 (그리고 이
제 총까지 포함해야 한다) 모든 살아 있는 생명체와 전쟁을 벌이
고 있다"고 사실대로 말한다. 물론 인간이 생존하려면 어느
정도 동물들의 희생이 필요한 건 사실이다. 하지만 우리는
동물들에게 많은 것을 빚지고 있으므로 그들에게 불필요한
고통을 주어서는 안 된다. 워즈워스는 이렇게 경고했다.

우리의 쾌락이나 만족을 위해

연약한 존재들의 슬픈 희생을 요구하지 말라.

토마스 아 켐피스는 "당신 마음이 옳다면 모든 살아 있는 생명체는 당신에게 인생의 거울이자 신성한 교리가 담긴 경전이다"라고 말했다.

우리 대부분은 동물에게 영혼이 없다고 믿지만, 부처, 웨슬리, 킹즐리를 비롯해 많은 사람은 그렇다고 믿었다.

특히 새들에게는 신비로운 모습을 확인할 수 있다. 킹즐리는 이렇게 말했다. "성 프란시스는 인간 자신도 영적 존재이지만 새들도 마찬가지로 육신을 입은 영적 존재일 수 있다고 생각했다. 새들은 인간처럼 위엄을 갖추고 아름답고 훌륭한 모습으로 천국의 천사들처럼 신을 찬미했다."

어쨌든 우리는 동물을 따뜻하게 배려해야 한다. 동물에게 불필요한 고통을 주는 일은 범죄다. 워즈워스는 이렇게 노래한다.

선한 인간의 삶에서 가장 중요한 것은
작고 아무도 모르고 기억에도 남지 않는
친절함과 사랑이 담긴 행동이다.

그는 신실하게 기도하며
사람과 새와 짐승에게 진실한 사랑을 베푼다.

그는 최선을 다해 기도하고
크든 작든 모든 것을 최선을 다해 사랑한다.
우리를 창조하고 사랑하는 신이
모든 것을 사랑하기 때문이다.

타인의 고통에
공감하라

**셰익스피어가 남긴 글 가운데 이보다 훌륭한 문장은 찾아
보기 힘들다.**

자비의 본질은 억지로 강요되지 않는 것이다.
자비는 하늘에서 내리는 단비와 같아서
떨어진 곳에는 축복이 배가 된다.
자비는 베푸는 자와 받는 자 모두에게 축복이다.
자비는 강한 것 중에 가장 강하고
왕위에 오른 왕을 더 군주답게 만든다.

왕의 주권은 세속을 다스리는 권력이요,
위엄과 장엄함을 드러내며
거기에는 왕을 향한 경외감이 깃들어 있다.
하지만 자비는 왕권을 초월하며
왕의 마음속 왕좌에 자리 잡고 있는
신의 성품이다.
따라서 자비를 베풀어 정의를 실현하면
지상의 왕권이 신의 권세에 가까워진다.

'자선'은 구호품을 제공하는 것과 동의어로 자주 사용된다. 하지만 구호품을 제공하는 것은 자비의 한 형태에 불과하다. 그것이 주가 아니며, 오히려 적절하게 베풀지 못하면 득보다는 실이 많다.

구호품보다 더 중요한 것은 공감과 애정이다. 알렉산더 포프는 이렇게 노래했다.

타인의 고통에 공감하고
그의 결점을 숨기는 법을 가르쳐주오.
신이 베풀어주신 은혜를
이제 제가 베풀게 하소서.

마음의 상처는 잊어버리고 친절함은 절대로 잊지 말라. 다음은 셰익스피어의 말이다.

은혜를 모르는 자녀는
독사의 이빨보다 더욱 날카롭다.

세네카는 "낮의 햇빛을 볼 만한 가치가 없는 사람들이 많지만, 그래도 태양은 여전히 떠오른다"고 했다.

"믿음, 소망, 사랑 중
제일은 사랑이라"

타인을 용서하지 않는 사람은 스스로도 용서받기를 기대해서는 안 된다.

버틀러는 다음과 같이 말했다. "당신이 곧 죽는다고 가정해보자. 당신은 세상에서 사라져 벌거벗은 채로 신 앞에 나아가 지금까지 다른 사람을 어떻게 대했는지 설명해야 한다. 당신을 화나게 한 사람에게 자비를 베풀지 않고 잔인하게 굴었다면 당신이 받을 심판은 얼마나 무섭겠는가? 당신이 다른 사람을 용서하지 않았는데 용서받기를 기대할 수 있겠는가? 성경에도 이런 말씀이 있다. 너희가 각각 마음으로부터 형제를 용서하지 아니하면 나의 하늘 아버지께서도 너희에게 이와 같이 하시리라."

타인의 잘못을 용서하고 원수도 사랑하라는 계명은 다른 종교의 도덕규범에도 있지만 기본적으로 기독교적 개념이다. 『성경』에서는 이 계명을 반복해서 강조한다. "너희가 사람의 잘못을 용서하면 너희 하늘 아버지께서도 너희 잘못을 용서하시려니와 너희가 사람의 잘못을 용서하지 아니하면 너희 아버지께서도 너희 잘못을 용서하지 아니하시리라."

아니다. 용서만으로 충분하지 않다. 우리는 여기서 더 나아가야 한다. "나는 너희에게 이르노니 너희 원수를 사랑하며 너희를 박해하는 자를 위하여 기도하라. 이같이 한즉 하늘에 계신 너희 아버지의 아들이 되리니 이는 하나님이 그 해를 악인과 선인에게 비추시며 비를 의로운 자와 불의한 자에게 내려주심이라."

『신약성경』에서 사도 바울은 자비에 관해 이렇게 말했다.

사랑은 오래 참고 사랑은 온유하며
시기하지 아니하며 사랑은 자랑하지 아니하며
교만하지 아니하며 무례히 행하지 아니하며

자기의 유익을 구하지 아니하며

성내지 아니하며 악한 것을 생각하지 아니하며

불의를 기뻐하지 아니하며 진리와 함께 기뻐하고

모든 것을 참으며 모든 것을 믿으며

모든 것을 바라며 모든 것을 견디느니라.

사랑은 언제까지나 떨어지지 아니하되

예언도 폐하고 방언도 그치고 지식도 폐하리라.

(중략)

그런즉 믿음, 소망, 사랑,

이 세 가지는 항상 있을 것인데

그 중의 제일은 사랑이라.

13장

인격

진실을 가슴에 품고
고결한 삶으로 나아가라

어떤 상황에서도

당신이 하고 싶은 일을 생각하지 말고

해야 하는 일을 생각하라.

이것이 행복으로 가는 참된 길이다.

고귀한 행동이
고귀한 인생을 만든다

세속적으로 성공하는 경우만 보더라도, 인격과 태도가 영리한 머리보다 더 중요하다는 사실을 알 수 있다. 물론 나는 성공하기 위해 훌륭한 인격을 갖추라는 식의 말을 하고 싶지는 않지만, 이는 부정할 수 없는 사실이기도 하다. 무엇이 옳은지 아는 것보다 그것을 실천하는 것이 더 중요하다. 우리가 선해지든 풍족하고 행복하게 살든 나아가야 할 방향은 늘 동일하다. 고귀한 행동이 고귀한 인생을 만든다.

인생의 가치는 그 사람의 도덕적 가치로 가늠되어야 한다. 키블은 이렇게 말했다. "한번 결심했다면, 양심이 당신에게 해야 할 일을 말하는 순간 기다리거나 주저하지 말라. 그러면 당신은 인간이 소망할 수 있는 모든 은혜와 축복을 받게 될 것이다."

의무를 소홀히 하거나 외면하면 더 이상 행복한 삶을 살 수 없다. 워즈워스는 선하고 지혜로운 사람의 인격을 다음과 같이 표현했다.

> 그는 남자답지 못한 두려움과 타협하지 않고,
> 의무가 명령을 내리면 담대히 앞으로 나아간다.
> 의무가 요청하는 수많은 위험에 맞서면서도
> 신을 향한 믿음으로 그 모든 것을 이겨낸다.

인생에서 진정한 성공을 거두려면 무엇이 필요할까? 블랙키(Blackie)는 이렇게 대답했다. "단 한 가지가 필요하다. 돈도 필요 없고 권력도 필요 없고 재능도 필요 없고 명예도 필요 없고 자유도 필요 없다. 심지어 건강도 이 단 한 가지에 들어가지 못한다. 우리에게는 오직 성숙한 '인격'이 필요하다. 인격만이 우리를 진정으로 구원할 수 있다. 그런 의미에서 구원받지 못하면 우리는 지옥에 떨어질 것이다."

"양심이 편하면
인생은 끊임없는 향연"

인격은 자신이 선택한 대로 만들어진다. 고대 로마의 황제 마르쿠스 아우렐리우스(Marcus Aurelius)는 이렇게 말했다.

"우리 모두가 위대한 시인이나 음악가, 예술가, 과학자가 될 수 있는 건 아니다. 누구나 타고난 재능이 많은 건 아니다. 그러므로 우리가 의지로 갖출 수 있는 성품들, 즉 성실, 평정심, 근면, 검소, 자비, 정직, 절약, 담대함, 관대함을 보여주라. 이렇게 보여줄 수 있는 장점이 많은데 왜 자신이 부족하고 무능하다며 스스로를 비하하는 것인가? 자신은 타고나지 못했다며 불평하고, 비열하게 굴고, 남에게 아첨하고, 신체 조건을 탓하고, 비위를 맞추고, 쓸데없이 과시하고, 불안해하고 있는가? 그렇게 해서는 안 된다. 당신은 오래전부터 그렇게 살지 않을 수 있었다. 만약 당신이 이해가 느리고 둔하다면 그 사실을 외면하거나 둔함을 즐기지 말고 최선을 다해 노력해야 한다."

나중에 부끄러울 일은 결코 하지 말라. 당신에게 가장 중요한 의견이 있다면 그것은 바로 양심이 말하는 의견이다. 세네카는 "양심이 편하면 인생은 끊임없는 향연처럼 기쁘다"고 말했다.

벤저민 프랭클린은 우리에게 유용한 조언을 많이 남겼지만, 나는 한 가지만은 추천하고 싶지 않다. 그는 우리가 갖춰야 할 미덕을 명료하게 요약한 다음 이렇게 말했다. "나는 이 모든 미덕을 습관화하고자 하는데, 모든 미덕을 한꺼번에 시도해 집중력을 분산시키기보다는 한 번에 하나씩 시도하는 것이 낫다고 생각했다. 한 가지 미덕을 완전히 익히면 다음 미덕으로 넘어가는 식으로 13가지 미덕으로 모두 습관화할 것이다."(여기서 13가지 미덕이란 절제, 침묵, 질서, 결단, 절약, 근면, 성실, 정의, 중용, 청결, 평정, 순결, 겸손이다.)

프랭클린이 자신의 말대로 실천했을지 의문스럽다. 미덕은 서로 연결되어 분리하기 어렵기 때문이다. '악마를 집으로 데려오면 악마의 다른 가족들도 모두 따라온다'는 말이 있듯이 미덕도 마찬가지다.

윌슨 주교는 이렇게 비꼬았다. "어떤 사람이 가난한 아이에게 돈을 주며 술집에 가라, 도박을 해라, 쓸데없는 장난감을 사라고 말한다면 당신은 놀라자빠질 것이다. 그런데 이와 같은 허튼 짓을 왜 당신이 직접 하려고 하는가?"

"이기적 야망은 사람을 홀리는 도깨비불"

항상 밑을 내려다보지 말고 위를 올려다보라. 비콘스필드 경(Lord Beaconsfield)은 "올려다보지 않는 자는 내려다보게 될 것이다. 하늘 높이 날아오르려 하지 않는 자는 땅바닥을 기어 다니게 될 것이다"라고 했다.

영국의 시인 조안나 베일리(Joanna Baillie)는 이렇게 말했다.

> 오, 누가 명성은 공허한 이름이라고
> 가볍게 말하고 있는가!
> 명성이라는 단어는 매력이 있고
> 용기를 북돋고 가슴을 따뜻하게 한다.
> 훌륭한 위인들의 이름을 들으면
> 청년들은 자리를 박차고 일어나
> 두 손을 번쩍 들어 경의를 표하고
> 자신들도 고결한 인생을 살고자 맹세한다.

존재의 본질을 생각하는 사람이라면 평범한 야망은 별로 주목하지 않는다. 셰익스피어, 밀턴, 뉴턴, 다윈 같은 위인들은 정부에서 수여하는 훈장이나 작위 때문에 위대해진 것이 아니다. 세속적인 야망이 갖는 큰 단점은 결코 만족을 모른다는 것이다. 마치 등산처럼 정상에 오르면 다른 정상이 보이는 것과 같다.

알렉산드로스대왕이나 나폴레옹 같은 위대한 정복자들도 결코 만족하는 법을 몰랐다. 그릇된 야심의 희생자인 그들은 늘 쉬지도 못하고 감사하지도 못했다. 베이컨은 "늘 앞만 보고 가던 사람이 갑자기 멈춰 서면 자기 자신에게 실망하고 이전과는 다른 사람이 되고 만다"고 했다.

이기적인 야망은 사람의 눈을 홀리는 도깨비불과도 같다. 미국의 작가 N. P. 윌리스는 세속적인 야망을 이렇게 묘사했다.

이것은 화려한 속임수다.
재능을 가진 소년의 방을 찾고
초라한 창문을 열어 그 안에 들어간다.
좁은 벽이 점점 넓어져 왕의 궁전이 되고
지붕은 하늘까지 높아진다.
보이지 않는 손이 천장에 화려한 문장을 새기고
사방에 번쩍번쩍 빛나게 소년의 이름을 쓴다.

그래서 얻는 보상은 무엇인가? 그래봤자 이름이다.
칭찬을 받지만, 귀가 어두워 들리지 않으면 무슨 소용인가.
황금을 얻지만, 보고 좋아할 사람이 죽으면 무슨 소용인가.
면류관을 얻지만, 머리가 백발이 된다면 무슨 소용인가.
명성을 얻지만, 기쁨으로 뛸 심장이 멈추면 무슨 소용인가.

우리가 바라는 것은 오로지 사랑뿐이다.
죽음이 우리 뒤에 가까이 다가오고
이런 선물이 쓸모없다는 사실을 알기도 전에
우리를 발가벗겨 무덤으로 끌고 간다.

지위 하나만 가지고 무엇을 할 수 있는가? 마리 드 메디치는 프랑스의 왕비, 프랑스의 섭정, 프랑스 왕의 어머니, 스페인의 왕비, 영국의 왕비, 사보이 공작부인이었지만, 결국에는 자녀들에게 버림받았다. 왕국에 몸을 둘 곳이 없어 10년 넘게 망명 생활을 하다가 쾰른에서 굶주림과 고통 속에서 죽었다.

모든 왕관은 크든 작든 가시관이다. 왕관을 쓴 사람은 선하고 양심적일수록 맡겨진 책임을 더 무겁게 느낀다. 한 번의 실수가 수많은 사람을 불행에 빠뜨리니 늘 노심초사할 수밖에 없는 것이다.

최고의 야망은
자신의 본분을 다하는 것

천천히 가더라도 계속 발전하는 인생은 흥미롭다. 발전이 없는 이상은 지루하고 재미없다. 트렌치(Trench)는 다음과 같이 말했다.

모든 사람이 기다리는 시간이 있다.
이 시간에는 사람들이 높은 곳에 오른다.
음악과 시와 자연이 전해주는 즐거운 시간이다.

인간은 성장을 추구하고 제자리에 머물려고 하지 않는 존재다. 그렇지만 무언가를 열망할 때는 목적만이 아니라 수단도 정당해야 한다. 그릇된 방법으로 괄목할 만한 발전을 이루었다고 해도 결국은 나락으로 떨어진다. 어쨌든 우리는 제자리에 머물러 있을 수 없다. 앞으로 나아가거나 죽거나 둘 중 하나다.

그러면 인간 본성의 두 가지 요소를 어떻게 조화시켜야 할까? 우리의 진정한 왕국인 자기 자신을 다스리는 것이 우리의 야망이 되어야 한다. 진정한 진보는 더 많이 알고 더 나아지고 더 많이 행하는 것이다. 이러한 진보는 멈출 필요가 없다. 한 걸음씩 걸을 때마다 더 위험해지는 것이 아니라 더 안전해진다. 사람이 품을 수 있는 최고의 야망은 자신의 본분을 다하는 것이다.

웰링턴 공작의 공문서에는 '영광'이라는 단어가 나오지 않는다고 한다. 그는 '의무'를 평생의 좌우명으로 삼았다.

야망을 없애지는 말되, 다만 당신의 야망이 성인(聖人)과 현자의 야망이 되도록 하라.

> 허영은 그 사람이 찾으려고 하던 명예보다
> 더 쉽고 분명한 길을 가르쳐주니
> 역사의 무익한 페이지를 살펴보면
> 정복자 만 명 중 현자 한 명밖에 나오지 않는다.

당신이 부유하든 가난하든 귀족이든 농부든 그 사실이 100년 후에도 중요할까? 그보다는 당신이 옳은 일을 하며 살았는지 그른 일을 하며 살았는지가 더 중요하지 않을까?

진실은 인간이 지킬 수 있는 최고의 가치

러스킨은 "우리가 무엇을 생각하거나 알거나 믿었는지는 전혀 중요하지 않고, 오로지 무엇을 실천했느냐가 중요하다"고 했다. 『구약성경』의 「욥기」에서 이를 잘 표현하고 있다.

그러나 지혜는 어디서 얻으며

명철이 있는 곳은 어디인고.

그 길을 사람이 알지 못하나니

사람 사는 땅에서는 찾을 수 없구나.

깊은 물이 이르기를 내 속에 있지 아니하다 하며

바다가 이르기를 나와 함께 있지 아니하다 하느니라.

순금으로도 바꿀 수 없고

은을 달아도 그 값을 당하지 못하리니.

(중략)

진주와 벽옥으로도 비길 수 없나니

지혜의 값은 산호보다 귀하구나.

(중략)

주를 경외함이 지혜요

악을 떠남이 명철이니라.

정직하고 진실하라. 장 파울 리히터는 "악마가 선악과를 가지고 행한 인류 최초의 범죄는 바로 거짓말이었다"고 말했다. 정직은 유일하게 옳은 최고의 대책이다.

속이는 저울은 여호와께서 미워하시나

영국의 시인 제프리 초서(Geoffrey Chaucer)는 "진실은 인간이 지킬 수 있는 가장 최고의 가치다"라고 했다. 영국의 정치가 클래런던(Clarendon) 백작은 동시대의 정치가 포클랜드(Falkland)에 관해 다음과 같이 말했다. "그는 매우 엄격하게 진실을 숭배했다. 도둑질은커녕 남을 속이는 일도 못했다."

플루타르코스는 "진실에서 멀어지는 것은 자신이 신을 배신하고 인간을 더 두려워한다는 것을 고백하는 것이나 마찬가지다"라고 했다.

"거만한 마음은
넘어짐의 앞잡이다"

잘못을 저지르면 당연히 부끄러워해야 한다. 하지만 잘못을 고백하는 일은 부끄러워해서는 안 된다.

독일의 철학자 막스 뮐러(Max Müller)도 이렇게 말했다. "인간을 인간답게 만들고, 해야 할 일을 할 수 있도록 만드는 자질은 수없이 많다. 하지만 가장 핵심적인 자질은 하나다. 이것이 없으면 진정한 인간이 아니고, 위대한 삶을 살 수 없으며, 훌륭한 업적도 남길 수 없다. 그것은 바로 진실, 곧 내면의 진실이다. 위대하고 선한 사람들을 보라. 왜 우리는 그들을 위대하고 선하다고 하는가? 그들은 스스로에게 진실하며 자기 본연의 모습으로 살아갈 용기가 있기 때문이다."

무엇보다도 스스로에게 진실하라.
밤이 가면 낮이 오는 것이 당연한 것처럼
당신은 사람들에게 거짓말을 하지 못할 것이다. _셰익스피어

워즈워스는 "모순되어 보이지만 함께 가야 할 두 가지가 있다. 하나는 남자다운 의존성이고 다른 하나는 남자다운 독립성이다"라고 지적했다. 복종하는 법을 배우면 명령하는 방법을 알게 된다. 반복 연습은 정신과 육체를 모두 훈련시킨다. 애초에 나쁜 병사가 좋은 장교로 성장할 수는 없다.

성공이 찾아와도
자만해지지 말라.

교만은 패망의 선봉이요
거만한 마음은 넘어짐의 앞잡이니라. 「잠언」

하고 싶은 일보다
해야 하는 일을 하라

우리는 가끔씩 격정을 행동하는 것과 연결시키고 인내를 행동하지 않는 것과 연결시킨다. 하지만 이는 잘못된 생각이다. 인내에는 힘이 필요하지만, 격정은 나약하고 자제력이 부족하다는 증거다.

당신이 권력을 갖게 되면 공정하고 예의를 갖추는 데 주의를 기울이라. 사디(Sadi)는 동양의 어느 군주 이야기를 들려준다. 왕이 죄 없는 사람에게 사형을 선고하자 그 사람이 이렇게 말했다고 한다. "왕이시여, 한 번만 더 생각해주십시오. 저는 잠시 잠깐 고통스럽겠지만 왕께서는 평생을 고통 속에서 살아가셔야 합니다."

권력에는 책임이 따른다. 그러므로 어떤 상황에서도 당신이 하고 싶은 일을 생각하지 말고 해야 하는 일을 생각하라. 이것이 행복으로 가는 참된 길이다.

두 가지 의무 사항 중에 무엇을 선택해야 할지 모르겠다면 우선 가까운 것부터 하라. 가끔 사회적으로 명망 있는 사람들이 대의를 내세우며 전혀 모르는 사람들을 위해 일하느라 가족은 전혀 신경 쓰지 않는 경우가 있다. 하지만 자비와 마찬가지로 동정과 연민도 가정에서부터 시작된다.

이 세상에 있는 모든 것은 정의로워야 한다. 이 말은 누구나 쉽게 이해할 수 있다. 우리는 죄를 지으면 벌을 받아야 한다고 말한다. 그렇다면 누가 우리에게 벌을 주는가? 우리는 우리 스스로 벌을 받는다. 세상은 질서가 잡혀 있어서 선이 기쁨을 가져오고 악이 슬픔을 가져온다. 죄를 짓고도 아무런 고통도 받지 않는 것은 자연의 질서에 어긋나는 모습이다.

죄를 용서받았다고 해서 처벌을 받지 않아도 되는 것은 아니다. 이는 불가능할 뿐만 아니라 불행한 일이기도 하다. 죄를 지으면서 풍족하게 사는 것만큼 불행한 일도 없다. 당신이 잘못을 저지르면 그 기억이 영원히 쫓아다닐 것이다. 당신이 피해를 준 사람이 당신을 용서할 수 있지만 그렇게 함으로써 당신 머리 위에 불덩이를 올려놓는 셈이다. 그들이 너그럽게 베푼 용서가 결국에는 당신을 더욱 초라하게 만들 뿐이다.

당신의 행동이
곧 당신의 인생

당신의 행동이 곧 당신의 인생이다. 어떤 행동을 하느냐에 따라 행복과 성공이 결정된다. 외적인 환경은 상대적으로 덜 중요하다. 우리를 둘러싸고 있는 것이 무엇인지보다 우리가 누구인지가 더 중요하다.

날마다 자기 자신을 점검하라. 습관은 제2의 천성이라는 말도 있지 않은가. 행동이라는 씨를 심으면 습관이라는 열매를 얻고, 습관을 심으면 인격을 얻고, 인격을 심으면 운명을 수확할 것이다. 우리는 날마다 조금씩 자라나는데, 좋게 자랄 수도 있고 나쁘게 자랄 수도 있다. 그러니 매일 밤 자신은 어떻게 자라고 있는지 스스로에게 물어보라.

에머슨은 "사람은 두 가지 종류가 있는데, 하나는 선을 행하는 사람이고 다른 하나는 악을 행하는 사람이다"라고 말했다. 만약 당신이 후자에 속한다면, 동료를 적으로, 기억을 고통으로, 인생을 슬픔으로, 세계를 감옥으로, 죽음을 공포로 만들 것이다. 반대로 당신이 누군가의 마음에 밝고 선한 생각을 불어넣어주거나, 단 한 시간이라도 행복하게 만들어 주었다면, 당신은 천사의 일을 한 것이다.

하루에 한 시간, 아니 30분만이라도 혼자서 평화로운 명상의 시간을 가져보라. 시간이 없다는 말은 핑계에 불과하다. 영국의 정치가 로버트 필 경(Sir Robert Peel)은 하원에서 귀가하면 매일 밤 성경 한 장씩 읽었다고 한다. 물론 당시에는 지금처럼 늦게까지 일을 하지는 않았지만 말이다.

선한 생각을 품으면 악한 일을 하지 않는다. 월터 롤리 경
은 이렇게 말했다.

> 죽음과 심판, 천국과 지옥을 자주 생각하는 사람은
> 자신의 행동을 조심하게 된다.

이에 대한 보상은 어마어마하다.

> 내 아들아 나의 법을 잊어버리지 말고
> 네 마음으로 나의 명령을 지키라.
> 그리하면 그것이 네가 장수하여
> 많은 해를 누리게 하며 평강을 더하게 하리라.   _「잠언」

선을 향한 사랑으로
옳은 일을 하라

할 일을 미루지 말라. 젊음을 핑계 삼아서는 안 된다. 프랑
스의 왕비 마르그리트 드 발루아(Marguerite de Valois)는 "우리는
뼈에 살이 한 점도 남지 않을 때가 되어서야 비로소 미덕을

완벽히 갖출 것이다"라고 말했다.

『구약성경』「전도서」에는 "너는 청년의 때에 너의 창조주를 기억하라"는 구절이 있다. 우리가 바라는 모습으로 세상을 떠나고 싶다면 반드시 선하게 살아야 한다. 선한 사람에게는 죽음이 더 이상 두렵지 않다. 설월 주교(Bishop Thirlwall)는 병상에서 죽음을 맞이하면서도 다음의 글을 일곱 가지 언어로 번역했다고 한다. "잠은 죽음의 형제이므로 잠과 같은 죽음 또는 죽음과 같은 잠에서 당신을 깨울 신에게 당신을 온전히 맡겨야 한다."

키케로의 말에 따르면, 소크라테스는 고발자들 앞에 섰을 때 마치 "사형 선고를 받은 사람이 아니라 천국에 올라가려는 사람"처럼 보였다.

세네카는 "당신이 훌륭하게 아낌없이 의무를 다했다면 무엇을 얻게 될 것인가? 의무를 다한 것 자체가 당신에게 큰 보상이 될 것이다"라고 했다. 보상이나 처벌 때문이 아니라 선을 향한 사랑으로 옳은 일을 해야 한다.

풀러는 영국의 탐험가 프랜시스 드레이크 경에 관해 다음과 같이 말했다. "드레이크 경은 늘 품위를 지켰고, 공정하게 일했고, 말에는 진실함을 담았고, 아랫사람들에게는 관대했고, 나태함을 가장 경멸했다. 문제가 발생할 때는 아무리 민을 만한 사람이나 유능한 사람이 곁에 있어도 결코 의존하려 하지 않았다. 위험 앞에 무너지지 않았고, 어떤 고난도 극복했으며, 누구보다 용감하고 능숙하고 부지런하게 앞장서 나갔다."

"덕이 있는
선한 사람이 되어라"

우리는 자신이 완벽한 인간이 아니라는 사실을 아주 잘 안다. 물론 그렇다고 해도 다른 영역과 마찬가지로 인격에서도 완벽함을 추구해야 한다. 마음속에 있는 양심이라는 안내자를 잘 따르기만 해도 크게 잘못될 일은 없다. 완벽한 인격을 갖추고자 한다면 누구나 고귀한 인생을 살아갈 수 있다.

그러므로 가능하면 높은 이상을 가져라. 영국의 시인 헨리 본(Henry Vaughan)은 이렇게 노래했다.

스스로를 더 나은 인격으로 높일 수 없다면
이 얼마나 불쌍한 인간인가?

따라서 당신이 노력한다면, 그리고 당신이 남자라면, 셰익스피어 작품에서 마르쿠스 안토니우스가 율리우스 카이사르에게 한 말을 당신도 듣게 될 것이다.

그의 삶은 완벽하고 조화를 이룬 덕분에
온 우주가 일어나 세상을 향해
"이 사람은 진정한 남자였다"라고 외친다.

당신이 여자라면 워즈워스가 한 말을 듣게 될 것이다.

경고하고 위로하고 명령하는
고귀한 모습의 완벽한 여인.
천사의 빛을 지니고 있는
고요하면서도 화사한 영혼.

임종을 맞이한 월터 스콧 경은 자신의 사위이자 작가인 록하트(Lockhart)에게 다음과 같은 유언을 남겼다. "덕이 있는 선한 사람이 되어라. 너도 이 자리에 눕게 되면 그것만이 위안으로 남을 것이다."

14장

평안과 행복

온 우주가 보내는 웃음에
화답할 것

내가 본 것은 동일한 황홀경이었다.

온 우주가 웃음을 보내는 것 같았다.

비할 데 없는 기쁨과 형언할 수 없는 즐거움,

평안과 사랑이 가득한 영원한 삶,

끝없이 채워지는 풍요와 축복.

행복은
우리 몫이다

부자라고 해서 꼭 행복한 것은 아니다. 모든 것을 갖춰야 행복할 것 같지만 실제로는 불행한 사람들이 많다. 헉슬리 교수는 "자연은 사람들에게 모든 것을 줄 수 있지만 행복하게 만들어줄 수는 없다. 행복은 우리 몫이다"라고 했다. 세상에서 성공을 거둔 사람들은 늘 위험에 노출되어 있고 근심에 휩싸여 있다. 행복할 줄 모르는 사람은 세상이 아무리 아름답고 흥미로운 것으로 가득하다 해도 행복할 수 없다. 독일의 철학자 쇼펜하우어(Schopenhauer)는 "같은 세상이라도 누군가에게는 황량하고 지루하고 무의미하지만, 다른 누군가에게는 풍요롭고 재미있고 유의미하다"라고 했다.

사실 행복도 바이올린 연주처럼 연습이 필요한 영역이다. 우리가 올바른 방법을 취하면 행복이 찾아올 것이다. 그렇다고 너무 행복만 쫓아다녀서도 안 된다. 벤저민 플랭클린은 "행복을 놓아주라. 그러면 행복이 알아서 당신을 따라올 것이다"라고 했다.

스스로를 대단하다고 생각하지 말라. 이 세상에서 당신만 대단한 건 아니다.

러스킨은 "즐거움을 좇지 말되 늘 즐거움을 느낄 준비를 하라"고 했다. 비록 작은 즐거움이라도 인생을 즐거움의 연속으로 만드는 건 대단한 일이다.

예컨대 유머 감각은 인간만이 가진 고유한 능력이다. 동물에게도 이성이 있는가라는 문제는 논란의 여지가 있지만, 확실히 동물에게 유머 감각은 없다. 프랑스의 극작가 샹포르 (Chamfort)는 "우리가 잃어버린 날은 바로 웃지 않은 날"이라고 했다. 유쾌한 웃음소리만큼 기분을 좋게 하는 것이 어디 있는가! 웃음소리는 세상을 밝게 만든다. 셰익스피어도 이런 말을 했다.

유쾌한 마음은 오래도록 가지만
슬픈 마음은 얼마 못 가 지친다.

어느 주교는 "쾌활함은 기독교의 대부분을 차지한다"고 했다. 『성경』에는 "해가 지도록 분을 품지 말라"는 말이 나온다. 싸움이 일어나려면 두 사람이 있어야 하는데, 당신은 그

중 한 사람이 되지 말라.

유쾌함은
지상 최고의 축복

항상 불만이 가득한 사람들이 있다. 아마 이 사람들은 에덴동산에서 태어났어도 불만거리를 찾으러 다닐 것이다. 반대로 어디에 있어도 행복한 사람들이 있다. 그들은 자기 주변에 펼쳐진 아름다움과 축복을 잘 찾아낸다.

유쾌함은 가장 훌륭한 원기 회복제다. 햇빛이 비치면 꽃이 피고 열매가 맺듯이, 유쾌함은 우리 안에 선한 씨앗을 키워 최고의 열매를 맺게 한다.

유쾌함은 다른 사람들에게 빚지고 있는 의무이기도 하다. 무지개와 땅이 닿는 곳에는 '황금 잔'이 존재한다는 전설이 있다. 거기에는 미소와 웃음소리는 물론이고 존재 자체가 한 줄기 햇빛과 같은 사람들이 살고 있는데 무엇이든 만지는 대로 황금으로 변한다고 한다. 유쾌한 사람들 사전에는 결코 '좌절'이라는 단어가 없다. 찰스 벅스턴은 "유쾌한 마음은 곁에 있는 다른 사람들에게도 전염되는 향연"으로 비유했다.

영국의 간호사 플로렌스 나이팅게일(Florence Nightingale)은 존재 자체만으로도 많은 환자의 아픔을 치유했다. 우리가 다른 사람의 짐을 함께 지면 우리의 짐도 가벼워진다.

간혹 유쾌함을 경솔함으로 오해하는 사람들도 있다. 유쾌하다고 꼭 경솔한 것은 아니다. 매튜 아놀드는 이렇게 말했다. "지상 최고의 축복인 유쾌함은 진지한 사유나 다정한 사랑과 잘 어울린다. 얄팍함이나 어리석음보다는 우아함에 가깝다."

평생 고된 노동을 하며 살아갈 운명인 사람들이 많다. 그러나 가난한 사람들만의 이야기는 아니다. 부자들도 고되게 일하며, 심지어 더 힘들게 일하는 경우도 있다. 게다가 자신이 가진 그 돈 때문에 비참한 인생을 살아가는 사람들이 얼마나 많은가. 이런 사람들에게는 고요한 휴식이나 평안은 없다. 살아가면서 닥쳐오는 고통은 피할 수 없겠지만 마음만 먹으면 고통을 충분히 극복할 수 있다. 그렇게 하려면 기억이라는 방에 아름다운 그림과 행복한 추억을 걸어두어야 한다.

빛나는 위안은
자연에게 구하라

누구나 즐거운 인생을 바라지만 어떻게 해야 하는지는 모른다. 사람들은 삶의 위엄과 기쁨을 깨닫지 못한다.

사소한 어려움을 엄청난 시련으로 확대해석하지 말라. 키케로는 이렇게 말했다. "영원하고 무궁무진한 우주에 관해 잘 아는 사람들은 어떤 어려움도 그리 크게 보지 않는다. 현명한 사람은 인간의 지식이 얼마나 유한한지 잘 알기에 어떤 시련도 대단하게 보지 않는다. 지혜로운 사람은 늘 조심하므로 예상치 못한 일이 일어나는 법이 없다."

단지 긁히기만 하고도 치명적인 상처를 입었다고 착각하는 사람들이 있다. 풀러는 『신성과 신성모독(Holy and Profane State)』에서 재미있는 풍자를 소개했다. "어느 남자가 상처를 치료하기 위해 병원을 찾았다. 그러자 의사는 급하게 약을 주문했다. 남자가 '상처가 그렇게 위독한가요?'라고 묻자, 의사는 '아니요. 그런데 약이 빨리 오지 않으면 상처가 저절로 나을 거예요'라고 대답했다."

시간이 흐르면 상처뿐만 아니라 슬픔도 저절로 낫는다.

존 스튜어트 밀은 이렇게 말했다. "교양 있는 사람은 자연, 예술 작품, 창조적인 시, 역사적 사건, 인류 문화, 과거와 현재와 미래 등 자신을 둘러싼 모든 것에 진지하게 관심을 갖는다. 여기서 말하는 교양 있는 사람은 철학자가 아니라 지성이 열려 있고 어느 정도 배움의 훈련을 받은 사람을 말한다. 이와 반대로 어떤 사람들은 주변에 있는 것들에 대충 눈길만 주고 어느 정도 호기심이 채워지면 관심을 끊는다."

꽃과 나무와 풀, 강과 호수와 바다, 산과 태양이 우리 주변을 둘러싸고 있다. 이 자연은 마음이 밝은 사람들에게 밝게 빛나고 위안을 얻고자 하는 사람들에게 위로를 베푼다.

이처럼 자연의 아름다움을 알고자 하는 사람은 그만큼 미적인 감각을 갖춰야 한다. 개나 코끼리가 지능이 높다고 하지만 이 동물들이 아름다운 경치를 즐긴다는 이야기는 한 번도 들어보지 못했다.

돈과 권력은 행복의
필수조건이 아니다

간혹 세상 사는 일이 지루하다고 한탄하는 사람들이 있다. 그들은 자신이 할 일이 없다고 말한다. 그러나 그 지루함의 원인은 본인에게 있다. 영국의 시인 로버트 사우디(Robert Southey)는 "교육도 받고 사지가 멀쩡하고 시간도 충분한 사람이 아무런 목표가 없다면, 그건 전능하신 신께서 자격 없는 사람에게 은혜를 베푼 것이다"라고 재치 있게 말했다.

건강이나 사회적 지위가 행복을 보장하지는 못한다. 사랑과 자비와 마음의 평안이 없다면 아무리 돈과 권력이 많아도 행복하지 않다.

옛날에 페르시아의 어느 왕이 점성술사들에게 조언을 구했다. 왕이 행복하지 않다고 고민을 털어놓자 점성술사들은 행복한 사람이 입고 있는 윗옷을 입으면 행복해질 거라고 말했다. 왕은 곧장 그 나라에 사는 귀족들과 부자들 가운데 행복한 사람을 찾아보았지만 아무도 없었다. 그런데 예상치 못하게 행복한 사람을 발견했다. 일을 마치고 집으로 돌아오는 평민 일꾼이었는데, 그는 너무나도 행복해 보였다. 그런데 이럴 수가! 왕은 해결책을 얻지 못했다. 일꾼은 윗옷을 입고 있지 않았기 때문이다.

돈으로 행복을 살 수 없고 권력으로 행복을 쟁취할 수 없다. 이는 역사상 수많은 현자들이 입을 모아 이야기한 진리다. 이미 말했듯이 왕이 쓰는 왕관은 가시관이다.

고대 그리스의 히에로(Hiero) 왕은 시인 시모니데스(Simonides)에게 다음과 같이 말했다. "사람들은 화려한 왕좌에 정신이 빼앗긴다. 그도 그럴 것이 사람들은 눈앞에 보이는 것만 가지고 타인의 행복과 불행을 판단하기 때문이다. 왕좌는 사람들이 세상에서 가장 가치 있다고 생각하는 것들을 그대로 보여주는 자리다. 하지만 왕이 짊어져야 할 고통은 영혼 깊은 곳에 자리하고 있다. 나는 왕을 해봐서 잘 아는데, 왕들에게 기쁨은 너무 적고 고통은 너무 많다."

만약 스스로 불행하다고 느껴진다면 프랑스의 성직자 마실론(Massillon)에게 위안을 얻어보라. "불행은 어디서 오는가? 당신은 낮은 곳에 있어 불행한가? 신이 당신을 창조했다. 이 낮은 땅은 당신을 위한 곳이 아니다. 신을 위한 곳이 아니라면 당신을 위한 곳도 아니다."

쾌락의 유혹에
자신을 절제하라

베이컨은 이렇게 말했다. "다양한 기쁨에 관해, 그리고 선을 얻는 방법에 관해 말할 때 우리는 어떻게 표현해야 할지 모른다. 최고의 선은 형언할 수 없는 매력이 있다는 말밖에 할 말이 없다. 최고의 축복도 말로 표현할 수 없다는 표현만 할 뿐이다."

생각이 올바른 사람은 이탈리아의 시인 단테(Dante)의 말을 이해할 것이다.

내가 본 것은 동일한 황홀경이었다.

온 우주가 웃음을 보내는 것 같았다.

비할 데 없는 기쁨과 형언할 수 없는 즐거움,

평안과 사랑이 가득한 영원한 삶,

끝없이 채워지는 풍요와 축복.

자연에 존재하는 모든 만물은 지혜롭고 유익한 법의 지배 아래 있고, 모든 것이 협력해 선을 이룬다. 우리가 고통을 받는다면 그 원인이 개인의 문제일 수도 있고 공공의 문제일 수도 있다. 세네카는 "의무를 다하는 사람은 반드시 행복해진다. 이 세상에서 물리칠 수 없는 유혹은 없다"고 했다.

키케로에 따르면, 그리스의 철학자 에피쿠로스(Epicurus)는 다음과 같이 주장했다. "세상에는 세 가지 욕망이 있다. 첫째, 자연스러우면서 필요한 욕망이다. 둘째, 자연스럽지만 필요하지 않은 욕망이다. 셋째, 자연스럽지도 않고 필요하지도 않은 욕망이다. 자연스러우면서 필요한 욕망은 별 어려움이나 대가 없이도 채워진다. 자연스럽지만 필요하지 않은 욕망도 큰 대가 없이 충족된다. 자연은 욕망을 충족시키기 위한 적절한 자원을 베푼다. 하지만 자연스럽지도 않고 필요하지도 않은 욕망, 즉 헛된 욕망은 한계가 없고 절제되지도 않는다."

인생을 제대로 즐기려면 쾌락의 유혹 앞에서 자신을 절제해야 한다.

절제력을 잃지 않으면 여러 가지 방법으로 인생의 기쁨을 얻을 수 있다. 하지만 쾌락 앞에 무너지면 세이렌의 유혹에 넘어간 뱃사공들처럼 암초와 소용돌이를 만나 인생이 좌초되고 말 것이다.

> 세상에 태어나 다른 사람 의지에
> 굴복하지 않는 법을 배우는 것은 행복한 일이다.
> 정직한 생각은 그의 갑옷이며
> 단순한 진리는 최고의 기술이다. _헨리 워턴

마음속에 기쁜 생각을 품는 둥지를 만들라

현대인의 불행 중 하나는 여가 시간이 많지 않다는 것이다. 우리는 끝없이 휘몰아치는 소용돌이 속에 살아간다. 셰익스피어의 『베니스의 상인(The Merchant of Venice)』에 나오는 포셔는 "나의 작은 몸이 이 거대한 세상 속에서 지치는구나!"라고 말했다. 이 말에 얼마나 많은 사람이 공감하겠는가.

서두르면 일을 제대로 끝낼 수 없다. 차분하게 생각하려면 시간이 필요하고 마음이 편안해야 한다.

찰스 킹즐리는 말했다. "우리 모두는 내면의 평안, 마음과 머리의 휴식, 차분하고 강인하고 독립적이고 절제하는 성품이 필요하다. 이와 같은 사람은 우울해지지 않으므로 따로 자극제가 필요하지 않다. 쉽게 흥분하지 않으므로 마취제도 필요 없다. 하늘이 준 은혜를 함부로 사용하지 않으므로 엄격히 규제하지 않아도 된다. 다시 말해, 이 사람은 먹고 마시는 것부터 모든 욕구와 생각, 행동까지 제대로 절제한다. 신이 금지한 방법으로 빛과 생명을 찾으려 하다가 결국 병과 죽음을 얻은 아담처럼 욕정과 야망 앞에 무릎 꿇지 않는다. 그렇다, 안식은 이미 예전에 찾았던 곳에서만 찾을 수 있다."

에픽테토스는 이렇게 말했다. "제우스가 명령한 대로 행동하라. 행동하지 않으면 벌을 받게 될 것이다. 그 벌이란 무엇인가? 의무를 다하지 않았으므로 겸손, 성실, 예의라는 성품을 잃을 것이다. 이보다 더 큰 벌이 존재할 수 있을까?"

러스킨은 이렇게 말했다. "우리는 투표권, 자유, 오락, 돈 등 온갖 부족한 것을 요구한다. 하지만 우리 중에 평안을 원하는 사람은 얼마나 되는가? 평안을 바란다면 방법이 있다. 마음속에 기쁜 생각들을 품는 둥지를 만들면 된다. 하지만 그 누구도 이 사실을 모른다. 어린 시절에 아름다운 생각들을 재료로 훌륭한 궁전을 짓는 방법을 배우지 못했기 때문이다. 이 궁전 안에는 재미있는 상상, 즐거운 추억, 숭고한 역사, 진실한 말, 소중하고 평화로운 생각이 가득하다. 이 궁전 안에 있으면 어떤 걱정도, 어떤 고통도, 어떤 결핍도 우리를 괴롭히지 못한다. 이 궁전은 우리의 영혼이 살기 위해 지어진 집이다."

행복은 먼 곳이 아닌
마음에서 찾아야

안토니우스 황제가 임종 자리에서 곁을 지키고 있던 신하에게 남긴 마지막 한마디는 '마음의 평안'이었다.

토마스 아 켐피스는 "욕망을 버리면 평안을 얻을 것이다"라고 했다. 우리는 살면서 커다란 일 때문에 슬퍼하기도 하지만 사소한 일 때문에 괴로워하기도 한다.

> 인간이 받는 저주 가운데
> 최악은 나쁜 성격이다. _컴버랜드

행복은 밖이 아니라 안에서, 즉 마음에서 찾아야 한다. 『성경』에도 "하나님의 나라는 너희 안에 있느니라"라는 말씀이 있다. 우리가 현생에서 행복하지 못하는데 다음 생에 행복할 수 있을까? 신이 지금보다 그때 더 열심히 우리를 보살펴 주실까? 이 땅에서도 평안을 찾지 못하는데 어떻게 천국에서 평안을 찾을 수 있을까? 우리에게 평안을 빼앗아가는 것은 자만, 탐욕 이기심, 야망이다. 이것들을 버리면 행복할 것이고, 버리지 못하면 불행할 것이다. 이 세상에서 이런 것을 잃어버릴까 노심초사하는데, 천국에 가면 얼마나 더 전전긍긍하겠는가! 여기서 다른 사람들과 평화롭게 살지 못하면서 다른 어느 곳에서 평화롭게 살기를 바랄 수 있을까?

평안과 행복의 조건을 외적인 것에 두고 산다면, 앞으로도 영원토록 그렇게 살지 않겠는가? 물론 기대와 희망과 추억을 통해 행복은 더욱 커진다. 사랑하던 사람을 다시 만나거나 눈앞에서 사라진 것을 다시 보게 된다는 희망이 우리에게 크나큰 행복감을 줄 수 있다. 당연히 이러한 위안과 기쁨을 부정하지 않지만 지금 내가 받는 축복을 과소평가하거나 감사할 줄 모르면 안 된다.

그렇게 해서 당신은 자연이 베푸는 평온을 누릴 수 있다.

별이 빛나는 밤하늘의 고요함

만테가자는 『삶의 이상(Ideals of Life)』에서 "인간이 알지 못하는 새로운 즐거움이 많다. 앞으로 문명의 길을 걸으며 그 즐거움을 발견할 것이다"라고 예언했다.

제러미 테일러는 이렇게 말했다. "정신이 육체를 지혜롭게 다스리고, 사랑으로 인도하고, 유익하게 돌보고, 풍족하게 베풀고, 너그러이 대할 때, 마침내 정신과 육체는 온전한 인간을 창조한다. 반대로 육체가 정신에게 명령을 내리고, 욕망에 사로잡혀 이성을 학대하고, 의지와 선택권을 장악하면, 육체와 정신은 바람직한 동반자가 될 수 없고 인간을 어리석고 비참하게 만든다. 정신이 육체를 다스려야 진정한 동반자로 남을 수 있다. 정신이 육체의 주인이 되지 않으면 육체의 노예가 될 수밖에 없다."

성공은 너의 것이라도
만족은 나의 것

만약 우리가 인생을 즐기지 못한다면 그것은 전적으로 우리 잘못이다. 러스킨은 "누구나 인생에서 성공할 수는 없지만, 누구나 인생을 즐길 수는 있다"고 말했다. 마음이 평안하고 행복하려면 현명하고 훌륭한 생각으로 마음을 채워야 한다.

플라톤은 『파이드로스(Phaedros)』에서 "신은 아름다움과 지혜와 선이다. 이것을 제공하면 영혼의 날개는 빠르게 자라지만 악한 것을 제공하면 영혼은 시들어버리고 만다"고 말했다.

그러므로 현명한 선택을 해야 한다. 영국의 시인 진 잉겔로(Jean Ingelow)는 이렇게 기쁨을 노래했다.

기쁨을 집으로 가져가
마음속에 머물 자리를 마련하고
자라날 시간을 허락하고 소중하게 돌보라.
그러면 기쁨이 당신에게 노래를 불러주리라.
당신이 들에 나가 일을 할 때나
신성한 새벽 시간에 잡초를 뽑을 때나
기쁨이 당신에게 만족감을 줄 것이다.
기쁨은 우리가 신에게 올리는 기도다.

마지막으로 소크라테스의 말을 인용하며 마치려고 한다.

"가장 훌륭한 사람은 스스로를 완벽하게 만들려고 노력하는 사람이고, 가장 행복한 사람은 스스로 완벽해지고 있다고 느끼는 사람이다."

어느새 '나'를 가득 채우는 '아포리즘'의 향연

책을 읽거나 번역하다 보면 저자가 살았던 당시의 감수성이 고스란히 느껴진다. 특히 내가 살고 있는 시대나 지역과 거리가 멀면 멀수록 감수성의 격차는 더 커질 수밖에 없다. 『아주 오래된 지혜(The Use of Life)』는 19세기 영국에서 나온 책이므로, 21세기 한국에서 사는 나와는 거리감, 아니 큰 괴리감이 있을 거라는 막연한 생각을 가지고 번역을 시작했다.

예상은 크게 빗나가지 않았다. 목차부터 낯설었다. 요즘처럼 자극적인 제목으로 '후킹'해야 책이 팔리는 시대에 이 책의 목차는 너무나도 '정직'했다. 1장 '가장 중요한 질문'부터 지혜, 절약, 놀이, 건강, 교육, 자기계발 등등 이미 우리에게 식상한 주제들을 나열하고 있는 게 아닌가. 서술 방식도 당시의 유행인지 모르겠으나 아포리즘 모음집 정도로 보였다. 소크라테스부터 세네카, 벤저민 프랭클린, 베이컨, 몽테뉴, 뉴턴, 데카르트, 토마스 아 켐피스, 찰스 디킨스, 다윈, 에드먼드 버크 등 서양 지성사의 굵직한 인물들을 총동원했다. 책 한 권을 너무 쉽게 쓰려고 한 것 아닌가라는 의심이 들었다.

의심 반 걱정 반의 마음을 안고 번역을 해나가는데 이상하게도 계속 마음의 울림이 생겼다. 번역가들이 번역 작업을 하면 시간에 쫓기기도 하고 문장을 옮기는 데 신경 쓰느라 의외로 내용 자체에 몰입하기가 쉽지 않다. 하지만 이 책은 계속해서 한 문장 한 문장에 머물게 되고 '아, 이래서 고전을 읽어야 해'라는 생각이 문득문득 들었다. 물론 이 책이 흔히 말하는 고전으로 분류되는지는 모르겠지만, 이 책에서 인용하는 글들은 확실히 고전에서 가져온 경우가 대부분이다.

나는 내가 왜 이 책에 푹 빠지게 되었나라는 질문을 자연스럽게 던지면서 100여 년 전으로 돌아가 이 책을 집필하고 있는 저자의 상황을 상상해보았다. 19세기는 지금처럼 인터넷에서 클릭 하나로 원하는 정보를 손쉽게 찾는 시대가 아니었다. 책에서 인용하는 주옥같은 아포리즘은 저자가 직접 책을 읽다가 메모해두었을 가능성이 매우 높다. 컴퓨터가 없었을 테니 말이다. 메모만 한 것은 아니다. 메모를 주제별로 분류해야 한다. 즉, 이 아포리즘이 '지혜' 영역에 해당하는지 '건강' 영역에 해당하는지 각각 정리해야 한다. 아마도 영역별로 노트를 만들어두었을 가능성도 있다. 말 그대로 수작업으로 고전에서 길어온 문장들을 하나하나 모았을 것이다. 디지털 시대, 인공지능 시대에 사는 우리는 감히 시도할 생각조차 못할 일이다.

메모하거나 노트를 만드는 건 준비 작업에 불과하다. 이제 책을 집필하려면 모아놓은 아포리즘 재료들 중 본문 맥락에 맞는 것을 선별해 배치해야 한다. 일종의 편집 과정을 거쳐야 한다. 저자가 자신의 생각을 뒷받침할 만한 적절한 아포리즘을 선택해야 하는 것이다. 이 과정은 오히려 저자가 의식의 흐름대로 글을 죽 써나가는 것보다 난이도가 훨씬 높은 지적 작업이다.

본문을 보면 인생의 모든 영역을 거의 다 다루고 있다. 저자의 글이 절반이고, 아포리즘이 절반인데, 이 모든 영역을 커버하려면 독서량이 상당했을 것으로 보인다. 『성경』을 비롯해 철학, 문학, 역사, 정치, 경제, 과학 등 서양의 웬만한 고전은 섭렵했고, 그리스신화, 메소포타미아신화부터 동양의 전설까지 구전 이야기들도 알뜰히 수집해놓았을 것이다. 이제 나는 내가 이 책을 번역하면서 왜 마음의 울림이 생겼는지 이해할 수 있을 듯하다. 책 한 권을 너무 쉽게 쓰려고 한 것 아닌가라는 의심은 오히려 책 한 권을 너무 힘들여 쓴 것 아닌가라는 존경심으로 바뀌었다.

저자는 당대의 지식인이었지만 지적 우월감에 빠져 있지도 않았다. 19세기에서 20세기로 넘어가는 시기에 읽고 쓸 줄 아는 대중 독자들이 많아지면서 이들 눈높이에 맞춰 인생의 교훈을 전하려 했다. 어느 하나의 사상이나 주장에 경도되지 않고 균형을 맞추고자 노력했다. 너무 뜬구름 잡는 도덕이나 윤리에 치중하지도 않고 너무 세속적인 처세술만 전하지도 않는다. 이른바 '중용'의 미덕을 발휘했는데, 중용은 이것도 저것도 아닌 맹탕이라는 말이 아니다. 시소의 중간에 서서 균형을 유지하듯, 이것에도 저것에도 치우치지 않고 균형과 조화를 이루기 위해 끊임없이 창조적 긴장 상태를 유지해야 하는 고급 기술이다. 한쪽에 치우치는 건 쉽지만 균형을 이루는 건 어렵다. '중용'은 이 책이 말하고자 하는 처세(the use of life)의 핵심이기도 하다.

요즘 출판계에서는 가까운 과거의 책을 '클래식'으로 리커버해 부활시키는 흐름이 유행처럼 번지고 있다. '하늘 아래 새것이 없다'는 말처럼 고전의 부활은 환영할 만한 현상이자 지극히 당연한 일이기도 하다. 쉴 새 없이 새로운 트렌드를 추구하는 시대에 한편으로는 변하지 않는 인생의 가치에 대한 목마름이 생길 수 있다. 이 책이 독자들에게 그 목마름을 채워주리라 믿는다. 내가 책을 번역하면서 한 문장 한 문장에 머물게 되었듯이 독자들도 정신없이 변해가는 시대에서 잠시 벗어나 이 책의 한 문장 한 문장에 머무는 기쁨을 누려보길 바란다.

옮긴이 박일귀

The Use of Life

아주 오래된 지혜

초판 1쇄 발행 2023년 11월 30일

지 은 이   존 러벅
옮 긴 이   박일귀
펴 낸 이   한승수
펴 낸 곳   문예춘추사

편   집   이상실
디 자 인   박소윤
마 케 팅   박건원, 김홍주

등록번호   제300-1994-16
등록일자   1994년 1월 24일
주   소   서울특별시 마포구 동교로 27길 53, 309호
전   화   02 338 0084
팩   스   02 338 0087
메   일   moonchusa@naver.com

I S B N   978-89-7604-623-9 03840